KB071037

THE FR:IEND
친구

THE FRIEND
친구

시그리드 누네즈 장편소설 공경희 옮김

이 책은 실로 꿰매어 제본하는 정통적인 사철 방식으로 만들어졌습니다.
사철 방식으로 제본된 책은 오랫동안 보관해도 손상되지 않습니다.

글쓰기로 슬픔이 달래지기를 바랄 수 없다는 걸 깨달아야 한다.
— 나탈리아 긴츠부르그,
「나의 직업My Vocation」

바닥 가운데 서 있는 큰 서랍장과 왕방울만 한 눈을 가진
개가 거기 앉아 있는 광경을 볼 거야. 하지만 개를
무서워하지 않아도 돼.
— 한스 크리스티안 안데르센,
「부싯돌 상자The Tinderbox」

어느 소설이든 답하려고 애쓰는 문제는
〈인생이 살 가치가 있는가?〉이다.
— 니컬슨 베이커, 「아트 오브 픽션 No. 212」,
『파리 리뷰The Paris Review』

part 1

1980년대 캘리포니아에서 다수의 캄보디아 출신 여성들이 똑같은 문제로 병원을 찾았다. 그들은 앞을 보지 못했다. 여성들 모두 전쟁 난민이었다. 고국에서 피난 나오기 전 이들은 1975년부터 1979년까지 집권한 크메르 루주[1]가 잔학 행위를 저지르는 것을 직접 목격했다. 무수한 여성이 강간, 고문, 잔인한 일을 당했다. 대부분 목전에서 가족이 처형되는 광경을 봐야 했다. 남편과 세 자녀가 군인들에게 끌려가 생이별한 여인은 4년간 매일 통곡한 후 앞이 보이지 않았다고 말했다. 울다가 실명한 사람은 그 부인만이 아니었다. 어떤 이들은 흐릿하거나 일부만 보았고, 눈앞에 그늘이 지고 통증이 심했다.

의사들이 이들을 — 다 합해 150명 정도 — 진찰한 결

---

1 원래 캄푸치아 공산당의 무장 조직으로 캄보디아의 여당이 되어, 자신들의 신념을 인민에게 강요하면서 악명 높은 집단 학살(킬링 필드)을 자행했다. 이하 모든 각주는 옮긴이주이다.

과 시력은 정상이었다. 더 검사해 보니 뇌 역시 이상이 없었다. 여성들의 불평이 사실이라면 — 관심이나 장애 수당을 받고 싶어서 꾀병을 부린다고 의심하는 이들이 있었다 — 심인성 시각 장애로밖에 설명되지 않았다.

달리 말하면, 공포를 너무 겪어서 정신이 더 이상 감당 못 해 빛을 차단했던 것이다.

당신이 생전에 마지막으로 해준 이야기예요. 이후 내 조사에 도움이 될 만한 도서 목록을 이메일로 보내 줬지요. 또 절기가 절기니만큼 새해 복 많이 받으라는 인사도 했고요.

당신의 부고 기사에 잘못된 점이 두 가지 있었어요. 당신이 런던에서 뉴욕으로 이주한 연도가 1년 틀렸더군요. 또 첫 부인의 결혼 전 성씨 철자가 틀렸고요. 사소한 실수고 나중에 수정될 테지만, 당신이 알았으면 무척 성화를 부렸으리란 걸 우리 모두 알았죠.

하지만 추모식에서 난 당신이 재밌어했었을 말을 들었어요.

기도할 수 있으면 좋을 텐데.

누가 말리기라도 하나요?

그 양반이요.

했었을, 했었을. 죽은 자는 가정법 속에서, 비현실적인 시제 속에서 살아요. 하지만 당신이 전지전능한 존재가 되어 우리의 행동, 생각, 감정을 속속들이 알 수 있을 것만 같은 독특한 느낌이 들기도 하지요. 당신이 이 글을 읽을 거라는, 심지어 내가 쓰기도 전에 무슨 내용일지 알 거라는 독특한 느낌이 드네요.

아주 오랫동안 애가 끊어지게 통곡하면 결국 시야가 뿌옇게 변할 수 있다는 것은 사실이에요.

난 누워 있었어요. 한낮이었지만 침대에 있었지요. 내도록 울어서 두통이 났고 며칠간 머리가 지끈댔어요. 일어나서 창밖을 내다보러 갔지요. 아직 겨울이라 창가는 춥고 외풍이 있었어요. 하지만 느낌이 좋았어요 ─ 이마를 차디찬 유리에 대니 기분이 나아졌어요. 그런데 눈을 연신 깜빡여도 좀처럼 시야가 맑아지지 않았어요. 통곡하다가 눈먼 여인들이 생각났어요. 두려움이 밀려와서 눈을 깜빡이고 또 깜빡였어요. 그때 당신을 봤어요. 갈색 빈티지 보머 재킷[2]을 입고 있었죠. 옷이 꼭 끼었고 ─ 그래서 더 좋아 보이더라고요 ─ 숱 많은 검은 머리가 길었어요. 그래서 시간을 거슬러 올라가야 한다는 걸 알아차렸죠. 아주 한참 뒤로. 거의 30년 전으로.

당신은 어디 가는 길이었을까? 딱히 정해진 곳은 없었

2 미군 조종사들이 보온을 위해 입는, 소매단과 밑단에 밴드 처리가 된 점퍼.

죠. 볼일이 있는 것도 약속이 있는 것도 아니었어요. 주머니에 손을 찌르고 거리를 구경하면서 마냥 걷는 거죠. 그게 당신이 좋아하는 일이었죠. **걷지 못하면 난 쓰지 못할 거야.** 당신은 오전에 작업을 했고, 단순한 문장도 쓰지 못하게 되는 시점이 오면 늘 나가서 걷곤 했어요. 날씨가 산책을 막는 날은 엄청나게 욕을 먹었어요. (하지만 그런 날은 아주 드물었어요. 당신은 추위나 비는 개의치 않았고 폭풍우가 심할 때만 나가지 않았으니까.) 산책에서 돌아오면 다시 앉아 작업하면서, 걸을 때 생긴 리듬감을 유지하려고 했어요. 그걸 잘 할수록 글이 더 좋았죠.

왜냐면 모든 게 리듬이랑 관계있거든. 좋은 문장은 박자로 시작하지. 당신은 그렇게 말했어요.

당신은 산책과 배회가 문학 문화에서 차지하는 위치를 다룬 에세이 「플라뇌르[3]가 되는 방법」을 발표했어요. 〈진정한 플라뇌즈[4]가 존재할 수 있는가〉라는 질문을 던져서 잇달아 비난을 받기도 했지요. 여성이 남성과 똑같은 정신과 태도로 보행하기란 불가능하다는 게 당신의 견해였어요. 여성 보행자는 지속적으로 눈길, 코멘트, 야유, 희롱 같은 방해를 받지요. 여성은 늘 경계심을 가져야 하죠. 이 남자가 너무 바짝 붙어서 걷나? 저 남자가 쫓

---

3 *Flaneur*. 한가롭게 거니는 사람.
4 *Flaneuse*. 한가롭게 거니는 여자.

아오나? 이런 와중에 어떻게 자신을 내려놓고 이상적이고 진정한 산책의 순수한 기쁨을 경험하겠어요?

당신은 여성들이 쇼핑할 때와 — 특히 구입할 의사 없이 물건을 구경할 때 — 비슷하다고 결론지었어요.

난 당신의 견해를 틀렸다고 보지 않아요. 집에서 나올 때마다 마음을 단단히 먹어야 하는 여성들을 많이 알고, 심지어 몇몇은 집 밖 출입을 피하려 하죠. 물론 여성은 일정한 나이가 될 때까지 기다리면, 눈에 띄지 않게 되고 결국 문제가 해결되긴 하죠.

당신이 〈여성들〉이라고 말할 때는 사실 젊은 여성들을 지칭한다는 점에 유의해야 되죠.

최근 난 산책을 많이 했는데도 글을 쓰지 못했어요. 마감 시한을 넘겼죠. 사정을 봐줘서 마감이 연장되었어요. 그 날짜도 놓쳐 버렸죠. 이제 편집자는 내가 꾀병을 부린다고 생각해요.

당신이 그것을 자주 이야기했으니 실행하지 않을 거라고 예단하는 실수를 한 사람은 나 혼자가 아니었어요. 또 아무튼 당신은 우리가 아는 가장 불행한 사람이 아니었죠. 가장 우울한 사람도 아니었고(G나 D, T-R을 생각해 봐요). 당신은 심지어 — 이제 와서 말하기가 이상하지만 — 가장 자살할 만한 요주의 인물도 아니었어요.

절기 때문에, 연초에 가까우니 그런 결심을 했다고 짐

작할 수도 있겠네요.

당신은 그 이야기를 하면서 학생들 때문에 못 한다고 말한 적이 있어요. 당연히 그런 예가 제자들에게 미칠 영향을 걱정했지요. 그런데도 작년에 당신이 교편을 놓았을 때 우린 미처 그런 생각을 못 했어요. 당신이 가르치는 것을 좋아하고 생활비가 필요하다는 걸 뻔히 알면서도 말이죠.

또 한 번은 이런 말도 했어요. 일정한 나이가 된 사람에게는 그것이 합리적인 결정일 수 있다고. 완벽한 선택이, 심지어 해결책이 될 수도 있다고, 젊은 사람이 자살하면 실수일 수밖에 없지만 그 경우와는 다르다고.

한번은 **나는 짧은 소설 같은 삶이 더 낫다고 생각한다**, 라는 문장으로 내게 충격을 주기도 했어요.

죽음이란 부름을 받으면 반드시 찾아오는 유일한 신이라고 말한 스티비 스미스[5]를 당신은 좋아했죠. 자살이 없다면 계속 버티지 못할 것이라고 다양한 방식으로 표현한 이들도 좋아했고요.

어느 화창한 봄날 아침 사뮈엘 베케트와 산책하던 친

5 영국 시인. 죽음을 주제로 탁월한 시를 썼다.

구가 물었다더군요. 이런 날은 살아 있는 걸 다행으로 여기게 해주지 않나? 베케트는 대답했지요. 난 그렇게까지 말하지 않겠네.

테드 번디[6]가 한때 자살 방지 센터의 전화 상담원이었다고 말한 사람이 당신이었나요?

테드 번디.

안녕하세요. 저는 테드라고 합니다. 사연을 들어 드리겠습니다. 저한테 말해 보시죠.

추도회가 열린다는 소식에 우린 깜짝 놀랐어요. 당신이 그런 자리는 원하지 않을 거라고, 생각만 해도 끔찍하다고 말하는 걸 다들 들었거든요. 3번 부인이 그런 의향을 무시하기로 했을까요? 당신이 유서에 그 내용을 적지 않아서 그 자리가 마련되었을까요? 대부분의 자살자처럼 당신은 메모[7]를 남기지 않았어요. 왜 그걸 **메모**라고 부르는지 이해가 되지 않아요. 짧게 쓰지 않는 사람들도 있을 텐데.

독일에서는 압쉬츠브리프 *abschiedsbrief* 라고 해요. 작별 편지. (더 나은 표현이죠.)

---

6 1970년대에 30여 명을 연쇄적으로 살인한 흉악범.
7 유서를 뜻하는 영어 표현은 *suicide note*.

그래도 화장을 원하고 장례식이나 시바[8]는 하지 말라는 의사는 존중되었어요. 부고 기사에 당신이 무신론자임이 강조되었어요. **그는 사람은 종교와 지식 중 지식을 선택해야 된다고 말했다.**

유대 역사를 아는 사람이 그런 말을 하다니 비상식적이라는 댓글이 달렸죠.

추도식이 열릴 즈음에는 충격이 많이 가셨어요. 사람들은 부인들이 모두 한방에 있으면 어떨까 예상하느라 분주했죠. 거기에 애인들은 말할 것도 없고(한방에 다 들어가지 못할 거라는 농담도 했죠).

잃어버린 아름다움, 잃어버린 젊음을 상기시킨 슬라이드 쇼를 제외하면, 여느 문학 모임과 크게 다르지 않았어요. 리셉션에서 돈, 보상으로 주어지는 문학상, **최근의 사망, 저자, 사망**에 대한 이야기가 오갔어요. 이 경우 눈물을 보이지 않는 게 예의였지요. 다들 이 자리를 인맥을 쌓고 안부를 주고받는 기회로 삼았어요. 소문, 2번 부인이 낭독한 과한 추도사에 고개를 젓고요. (이제 그녀가 추도문을 출판한다는 소문도 돌아요.)

3번 부인이 빛나 보였다는 말은 꼭 해야겠네요. 칼날 같은 광택이긴 해도. 그녀는 온몸으로 말하더군요. 날 동

---

8 shivah. 유대교 애도의 5단계 중 3단계에 해당하는 조문객 접대 행사.

정의 대상으로 대하면, 내 책임이라는 언질을 하면 절단 날 줄 알아.

그녀에게 글이 어떻게 되어 가느냐는 질문을 받고 감동받았어요.

얼른 읽고 싶어 조바심이 나네요, 라고 듣기 좋은 말을 하더군요.

탈고나 할 수 있을지 모르겠네요, 라고 대답했어요.

아이참, 그이가 탈고되기를 바랐으리란 걸 알면서 그래요. (**바랐으리란.**)

그녀는 입 밖에 내는 모든 말을 부정하는 듯이 고개를 저으면서 말하는 당황스러운 습관이 있죠.

별로 유명하지 않은 사람이 다가왔어요. 그녀가 몸을 돌리기 전에 묻더군요. 전화해도 될까요?

나는 일찍 자리를 떴어요. 나오다가 누군가, 내 추도식에는 이보다 많이 모이면 좋겠네, 라고 말하는 소리를 들었어요.

또, 이제 그는 공식적으로 백인 남성 사망자가 되었네.

저명 저술가를 인터뷰한 NPR 기자는 물었어요. 문학계가 증오가 난무하고, 시기와 경쟁심이 언제든 발산되는 전쟁터라는 게 사실입니까? 누가 그렇게 만들었을까요. 시기심과 적대감이 많은 건 사실이지요, 라고 저술가는 대답했지요. 그러면서 예를 들려고 했죠. 가라앉는 뗏목에 너무 많은 인원이 타려는 형국과 비슷합니다. 그래서 누가 밀면 뗏목이 더 높이 떠올라서 내가 붙들 수 없어집니다.

흔히 알려진 것처럼 독서가 공감 능력을 키운다면 집필은 공감 능력을 빼앗아 가는 것 같아요.

언젠가 컨퍼런스에서 당신의 발언이 운집한 청중을 아연실색하게 했어요. 여러분은 작가가 되는 게 멋진 일이라는 개념을 어디서 얻었습니까? 심농은 글을 쓰는 것을 전문적인 일이 아닌 불행한 소명이라고 말했어요. 조르주 심농은 본명으로 소설 수백 편을 쓰고 필명으로 수백 편을 더 쓴 사람이고, 은퇴할 당시 세계적인 베스트셀러 작가였지요. 이제 그게 큰 불행이고요.

자그만치 여성 1만 명과 성교했고, 상대의 대부분까진 아니라도 다수가 매춘부였다고 뽐낸 인물, 자칭 페미니스트였던 인물. 무려 콜레트[9]의 문학 멘토였고, 조세핀 베이커[10]의 내연남이었던 사람. 비록 일을 너무 방해해서 그해의 발표작이 열두 작품으로 줄자 연애를 끝냈다지만요. 무엇이 그를 소설가로 만들었느냐는 질문에 어머니를 향한 증오라고 대답했던 인물. (엄청난 증오지요.)

산책자 심농. 내 모든 작품은 걷는 동안 내게 왔다.

그에게 딸이 있었는데 정신 질환으로 아버지를 흠모

9 19세기 프랑스 여성 소설가.
10 미국 태생으로 파리에서 흑인 문화의 아름다움을 보여 준 무용수.

했어요. 어린 딸이 결혼 반지를 요구하자 심농은 반지를 주었지요. 딸은 성장하면서 반지를 손가락에 맞게 늘여서 꼈고요. 그러다 스물다섯 살 때 권총 자살했죠.

Q: 젊은 파리지엔느가 어디서 총을 구하는가?

A: 아버지의 소설에 나오는 총포공에게서.

1974년 어느 날 나도 가끔 강의하는 대학 강의실에서, 어떤 시인은 그 학기에 담당한 워크숍의 수강생들에게 이런 발표를 했어요. 아마 다음 주에 나는 여기 없을 겁니다. 나중에 그녀는 집에서 어머니의 낡은 모피 코트를 걸치고 보드카 잔을 든 채 차고에 틀어박혔어요.

어머니의 낡은 모피 코트는 글쓰기 강사들이 학생들에게 즐겨 지적하는 부류의 디테일이죠. 실생활에서 흔히 발견되지만 학생들의 소설에는 거의 나오지 않는 부분이에요.

그 시인은 차에 올라탔어요. 빈티지 1967년산, 토마토처럼 붉은 쿠거에 타고 시동을 걸었지요.

내가 처음 맡았던 글쓰기 수업에서 디테일의 중요성을 강조하자, 남학생이 손을 들더니 말했어요. 저는 전혀 동의하지 않는데요. 치밀한 디테일을 원하면 텔레비전을 시청해야죠.

그게 겉보기와 달리 멍청한 코멘트가 아니라는 걸 차

차 알게 되었어요.

그 학생은 내가 — 그의 표현은 〈선생님 같은 작가들〉 — 글쓰기를 실제보다 훨씬 어려워 보이게 해서 사람들을 겁주려 한다고 비난했어요.

우리가 왜 그러고 싶을까? 내가 물었지요.

학생이 대답하더군요. 아, 왜 이러세요. 뻔하지 않아요? 파이가 딱 그만큼이니까요.

내 첫 글쓰기 선생님은 우리에게 작가가 되는 것 말고 생계를 꾸릴 다른 일이 있으면, 다른 직업이 있으면 그걸 해야 된다고 조언했어요.

늦은 밤, 유니언 스퀘어역[11]에서 한 남자가 플루트로 「장밋빛 인생」을 **몰토 지오코소**(대단히 명랑하게)로 연주했어요. 최근에 난 뇌리에 남는 노래에 취약해져서, 플루트로 연주한 활기찬 곡이 종일 머리에서 떠나지 않았죠. 귓가에 선율이 맴도는 걸 막으려면 전곡을 완전히 두어 번 들어야 된다고 하죠. 나는 당연히 가장 유명한 버전이고, 직접 작사해서 1945년에 처음 발표한 에디트 피아프의 노래를 들었어요. 이제는 〈리틀 스패로〉[12]의 기묘하고 구슬픈 프랑스 영혼의 목소리가 뇌리를 떠나지 않네요.

11 뉴욕의 중앙역.
12 Little Sparrow. 프랑스 카바레 가수. 에디트 피아프를 지칭.

또 유니언 스퀘어역에서 한 남자가 〈치아 없는 당뇨 환자 노숙자〉라고 쓴 종이 팻말을 들고 있었어요. 한 통 근자가 노숙자의 종이컵에 동전을 던지면서 멋진 팻말이 네요, 라고 말하더군요.

가끔 컴퓨터 앞에 있으면 화면에 메신저 창이 열려요. 책을 쓰는 중인가요?

3번 부인이 나한테 무슨 이야길 하고 싶은 걸까요? 난 별로 호기심이 없어요. 당신이 남긴 편지나 메시지가 있다면 지금쯤 내 수중에 들어왔겠죠. 그녀가 다른 종류의 추모를, 예컨대 추모 글 모음집 발간 같은 계획이 있는지 모르죠. 그렇다면 그녀는 당신이 싫다고 공언한 일을 재차 저지르는 거고요.

만남이 꺼려지는 것은 그녀가 싫기 때문이 아니라 (싫지 않아요) 이런 행사에 끼기 싫기 때문이에요.

또 당신 이야기를 하기도 싫고요. 당신과 나는 좀 독특한 관계였고, 남들이 늘 쉽게 이해할 수 있는 관계가 아니었어요. 난 당신에게 어느 부인에게든 우리 관계를 어떻게 말했느냐고 물은 적 없으니 그들이 어떻게 알고 있는지 몰랐어요. 3번 부인이 1번 부인처럼 나와 친구가 되지는 못했지만 최소한 2번 부인처럼 원수는 아닌 게 나로서는 늘 고마웠어요.

당신의 결혼이 친구 관계에 변화를 일으킨 거야 그녀의 잘못이 아닌 원래 결혼의 특성 때문이었죠. 당신이 이혼하고 재혼하기 전까지가 우리가 가장 가까운 기간이었지만 길지는 않았어요. 당신은 병적이다 싶을 만치 혼자 있지 못했으니까. 한번은 이런 말을 하더군요. 출장 시 몇 번을 제외하면 40년간 혼자 잔 밤이 하루도 없었다고요. 이혼과 재혼 사이에는 늘 애인들이 있었죠. 애인들 사이에는 하룻밤 잠자리 상대들이 있었고. (당신이 지나다 들르는 상대라고 표현한, 잠자리와 무관한 상대들도 있었고요.)

여기서 잠깐, 부끄럽지 않은 건 아니지만 고백할게요. 당신이 사랑에 빠졌다고 말할 때마다 난 상심을 경험했고, 누군가와 결별했다고 말할 때마다 밀려드는 기쁨을 누를 수 없었어요.

당신에 대해 말하고 싶지 않고, 남들이 당신에 대해 하는 말도 듣기 싫어요. 물론 빤한 말이죠. 고인들에 대해 말하는 것은 기억하기 위해, 살아 있는 우리가 할 수 있는 유일한 방법으로 간직하기 위해서죠. 하지만 사람들이, 예를 들어 추도식에서 애도사를 한 이들이 — 당신을 사랑한 이들, 당신을 잘 아는 이들, 말이 청산유수인 이들 — 당신에 대해 많이 말할수록 당신이 더 멀리 빠져나가는 것 같았어요. 당신이 더 홀로그램 같아지더라고요.

적어도 당신 집으로 초대받은 건 아니라서 다행이에요. (거긴 여전히 **당신 집**이네요.) 당신이 거기 살 때 몇 년 동안 두세 번 가본 게 다여서 그 집에 특별한 애착은 없어요. 당신이 이사한 후 내가 처음 거기 갔을 때가 또렷이 기억나요. 브라운스톤[13] 주택을 돌아보면서 붙박이 책꽂이와 고풍스러운 호두나무 바닥에 깔린 멋진 러그에 감탄했고, 이 시대 작가들이 기본적으로 부르주아라는 사실을 상기했죠. 언젠가 다른 작가의 집에서 거창한 저녁 식사를 할 때, 누군가 부르주아처럼 살면서 반신(半神)처럼 사고하라는 플로베르[14]의 유명한 금언을 언급했어요. 그 야성적인 사람의 삶과 평범한 부르주아의 삶이 비슷하다고 말할 수 있을지 모르겠지만. 요즘은 (식탁에서 다들 동의했죠) 무기력한 보헤미안이 존재하지 않고, 그 자리를 새로운 부류가 메웠어요. 그 부류는 지식, 고급스러운 소비, 미각, 각기 다른 세련된 취향을 가졌고요. 집주인은 세 번째 와인을 따르면서, 오늘날 많은 작가들이 자신의 처신이 민망하고 창피하다고까지 인정한다고 주장했어요. 맞는 말인지 아닌지 몰라도.

부동산 붐이 일기 몇십 년 전에 거기로 이사한 당신은, 브루클린이 낙인이 되자 의기소침했고 그 동네에 대해 쓰는 게 1960년대의 대항문화에 대해 쓰는 것처럼 어렵

---

13 적갈색 사암 건물. 부유층 주택을 뜻하기도 한다.
14 프랑스의 대표적인 사실주의 문학 작가.

다는 사실에 놀랐죠. 아무리 열정적으로 시작해도 풍자의 잉크가 스며들어 버렸어요.

플로베르의 말 못지않게 버지니아 울프의 말도 유명하죠. **사람은 잘 먹지 않으면 잘 생각하고 잘 사랑하고 잘 잘 수 없다.** 적확한 지적이에요. 하지만 배고픈 예술가가 없지 않았고, 빈민처럼 살거나 극빈자 묘지에 묻힌 사상가가 얼마나 많은가요.

울프는 플로베르와 키츠[15]를 세상의 무관심 때문에 극심한 고초를 겪은 천재들로 불렀어요. 하지만 플로베르가 그녀에 대해 말했다면 뭐라고 했을까? 모든 여성 예술가는 매춘부라고 말한 위인인데. 울프 스스로 그랬듯, 두 작가 모두 본인의 삶에서 등장인물들을 만들어 냈지요.

우리가 거의 매일 만나던 때가 — 아주 오랜 기간이었어요 — 있었어요. 하지만 지난 몇 년간 다른 카운티가 아니라 다른 나라에 살았다고 해도 무방했고, 정기적으로 연락했지만 주로 이메일을 통해서였죠. 작년에는 약속된 만남보다는 파티, 낭독회, 다른 행사 석상에서 우연히 마주친 경우가 더 많았고요.

그런데 당신 집에 발을 들여놓기가 왜 그리 두려운가?

익숙한 옷가지나 책, 사진을 힐끗 보거나 당신의 체취를 얼핏 맡으면 무너질 것 같아서요. 맙소사, 그렇게 당

15 영국 시인.

신의 미망인이 옆에 서 있는 상황에서는 무너지고 싶지 않아요.

책을 쓰고 있나요? 책을 쓰는 중인가요? 출간할 방법을 알려면 여기를 클릭하세요.

최근 이 글을 쓰기 시작한 이후, 새 메시지가 떠요.
혼자세요? 두려우세요? 우울하세요? 24시간 자살 직통 전화에 전화하세요.

유일하게 자살하는 동물은 유일하게 우는 동물이기도 하지요. 수사슴이 피하다가 지쳐서 사냥개들을 피할 길 없이 궁지에 몰리면 눈물을 흘리기도 한다지만. 코끼리가 우는 경우도 보고되고, 물론 고양이와 개가 운다고 말하는 사람들도 있지만.
과학자들은 동물의 눈물은 스트레스로 인한 눈물이므로 감정적인 인간의 눈물과 혼동하면 안 된다고 경고해요.
인간의 경우 감정적인 눈물과 안구 정화나 건조 방지를 위해 생성되는 눈물의 화학적 구조가 서로 다르대요. 말하자면 자극제 때문이지요. 이런 화학 물질을 발산하는 것이 우는 사람에게 득이 될 수 있다고 해요. 한바탕 울면 기분이 한결 가벼워지기 마련인 것도 그 때문이죠.

또 울게 하는 작품이 꾸준히 인기 있는 이유도 그 때문이죠.

로런스 올리비에[16]는 여느 배우들과 달리 우는 연기를 요구받고 눈물이 나지 않아 난감했대요. 배우가 흘리는 눈물의 화학적 구조가 두 타입 중 어느 쪽인지 알면 재미있을 텐데.

민담과 허구 문학에서 인간의 정액이나 혈액처럼 눈물도 마법 같은 특성을 지닐 수 있어요. 라푼젤 이야기[17]의 말미에서 오래 헤어져 고초를 겪은 후 왕자는 라푼젤을 다시 찾아서 포옹하고, 그녀가 흘린 눈물이 마녀 때문에 잃은 왕자의 시력을 회복시키지요.

에디트 피아프의 전설 중에도 기적적인 시력 회복과 관계된 사연이 있어요. 피아프는 어릴 때 몇 년간 각막염으로 앞을 못 봤어요. 당시 할머니가 운영하는 매춘업소에서 살았는데, 매춘부들이 리지외의 테레즈를 기리는

16 영국 출신 명배우.
17 그림 형제가 동화집에 수록한 독일 지방의 설화. 임신한 아내가 먹고 싶다고 하여 양배추(독일어로 라푼젤)를 훔쳤는데, 그곳이 하필 마녀의 밭이었다. 마녀는 언제든지 양배추를 먹어도 좋으나, 단 부부 사이에서 태어난 아기를 넘겨 달라는 요구를 한다. 사내는 어쩔 수 없이 약속을 한다. 이후 딸이 태어났고, 라푼젤이라고 이름을 붙였다. 하지만 사내가 약속을 어기고 딸을 마녀에게 주지 않자 마녀는 라푼젤을 데려다가 성에 가둔다. 라푼젤은 긴 머리를 갖게 되는데, 라푼젤에게 반한 왕자는 마녀의 속임수로 성에 올라갔다가 시력을 잃게 된다. 하지만 결국 라푼젤과 재회해 시력을 회복한다.

순례에 피아프를 데려갔어요. 이 일화 또한 동화에 불과할지 몰라도, 장 콕토[18]는 피아프가 노래할 때 〈눈먼 사람의 눈이 기적으로 인해 천리안이 된 눈〉을 가졌다고 묘사한 건 사실이에요.

하지만 이틀간 나는 앞을 못 봤다…… 전에는 뭘 봤더라? 난 모르리라. 시인의 언어는 어린 시절의, 폭력과 누추함으로 얼룩진 시절의 일화를 묘사해요. 루이스 보건.[19] 그녀는 이런 말도 했어요. **난 태어나면서 폭력을 경험했던 게 분명하다.**

나는 그림 동화를 줄줄 외운다고 생각했지만, 왕자가 자결을 시도했던 대목을 잊었어요. 다시는 라푼젤을 못 만날 거라는 마녀의 엄포를 왕자는 곧이곧대로 믿고 탑에서 몸을 던지지요. 내 기억에 마녀는 손톱으로 왕자를 맹인으로 만들었어요. 그리고 그의 예쁜 새를 잡은 고양이가 눈알을 긁어 낼 거라고도 위협하죠. 그런데 왕자가 시력을 잃은 것은 탑에서 뛰어내렸기 때문이에요. 땅바닥에 깔린 가시덤불에 눈이 찔리거든요.

하지만 난 어렸을 때도 마녀가 화낼 권리가 있다고 생

---

18 프랑스 영화, 연극 등 전반적인 예술에 큰 영향을 미친 예술가.
19 미국 시인, 문필가. 여성 시인으로는 최초로 미 의회 도서관이 계관 시인으로 지명했다.

각했어요. 약속은 약속이고, 마녀가 속임수를 써서 부모에게 딸을 포기하게 만든 게 아니었어요. 마녀는 라푼젤을 잘 보살피고 넓은 나쁜 세상으로부터 보호했어요. 우연히 처음 지나간 미남 청년이 라푼젤을 데려갈 수 있다는 것이 부당한 것 같았죠.

어려서 동화를 즐겨 읽던 시절, 이웃에 시각 장애인이 살았어요. 그는 성인인데도 여전히 부모와 살았지요. 늘 큼직한 검은 안경으로 눈을 가렸어요. 난 시각 장애인은 눈에 빛이 들지 않게 보호해야 하는 줄로 착각하게 되었죠. 얼굴의 나머지 부분은 건장하고 잘생긴 남자였어요, 텔레비전의 소총수처럼. 옆집 사람은 배우나 비밀 요원이었을지 모르지만, 내가 지은 이야기에서 그는 상처 입은 왕자였고 내 눈물이 그를 구제했어요.

———

「오기가 불편하진 않았는지 모르겠네요. 여기까지 와줘서 정말 고마워요.」

30분도 안 걸리는 줄 알면서도 그렇게 말하니 참 푸근한 여인이죠, 3번 부인은. 〈여기〉는 바로 고졸한 유럽 스타일 카페예요, 당신의 브라운스톤에서 모퉁이를 돌면 바로 나오는 카페. (아직도 **당신의 브라운스톤**이네요.) 카페에 들어가서 창가 테이블에 앉은 그녀를 보니, 저렇게 우아하고 곱상한 여인에게 딱 어울리는 배경이란 생각이 들더군요. 혼자 앉은 손님들과(심지어 일행이 있는 사람들도) 달리, 전자 기기를 사용하지 않고 거리를 응시하고 있더라고요.

스카프를 묶는 법을 쉰 가지나 아는 부류의 여자거든. 그게 당신이 우리에게 처음 그녀에 대해 한 말이었어요.

그녀는 예순 살로 보이지만 그 나이의 느긋한 매력을 보여 주지요. 당신이 처음 거의 동년배인 미망인을 만나기 시작했을 때 다들 얼마나 놀랐는지 기억나네요. 우린 당연히 2번 부인이나 훨씬 더 연하의 여자들을 떠올리면서, 당신의 성향을 고려할 때 딸보다 어린 여자가 나타나는 것은 시간문제일 뿐이라고 봤거든요. 당신이 10년은 늙게 만들었다고 평한 전쟁 같은 두 번째 결혼 생활이 넉넉한 중년 여인의 품에 안기게 만들었다고 다들 입을 모았어요.

그런데 그녀에게 감탄하면서도 — 막 커트해서 염색한 머리, 화장, 곱게 손질한 손톱, 틀림없이 예쁘게 다듬었을 발톱 — 어떤 생각을 누를 수가 없어요. 추모회에서 그녀를 봤을 때도 같은 생각을 하면서, 어떤 뉴스를 떠올렸죠. 가족 휴가 중 자녀가 실종된 부부에 대한 뉴스였어요. 며칠이 지났는데도 아이는 여전히 나타나지 않고 실마리조차 없자 의심의 그림자가 부모에게 드리워졌지요. 그들이 경찰서에서 나오는 사진을 보면 특별한 인상을 남기지 않는 평범해 보이는 부부였어요. 그런데 내 뇌리에 남은 것은, 부인이 립스틱을 바르고 장신구를 부착했다는 사실이었죠. 목걸이와 — 사진을 넣는 목걸이였을 거예요 — 큼직한 고리형 귀걸이였죠. 그런 순간에 화장을 하고 장신구를 다는 수고를 했다는 점에 난 경악했죠. 노숙자 행색을 기대했나 봐요.

이제 카페에서 다시 이런 생각을 해요. 그녀는 부인이야, 시신을 발견한 사람이지. 그런데 지금 추도식 때처럼 그저 괜찮은 정도가 아니라, 단정해 보이는 수준이 아니라 가장 멋져 보이려고 온갖 노력을 기울인 모습이에요. 얼굴, 옷, 손톱, 뿌리 염색까지 모두 말끔하게 꾸민 상태.

못마땅한 게 아니라 경외감이 느껴져요.

그녀는 달랐죠. 당신 인생에서 이런저런 인연으로 문학계나 학계와 연결되지 않은 극소수에 속했죠. 그녀는 경영대를 졸업한 후 맨해튼 한 회사에서 쭉 경영 컨설턴트로 근무했어요. 그런데 말이야, 그 사람이 나보다 독서량이 더 많다니까. 당신이 자주 그렇게 말해 우릴 오글거리게 만들었죠. 그녀는 처음부터 나를 대할 때 예의를 지키면서도 거리를 두었고, 나를 당신의 가장 오랜 친구들 중 하나로 인정하면서도 단순한 지인으로만 지냈어요. 그게 2번 부인의 광적인 질투심보다야 한결 나았죠. 2번 부인은 당신에게 나나 과거의 여자들과 모든 관계를 청산하라고 요구했으니까. 특히 우리 관계에 안달복달했고, 근친상간이라고 비꼬았죠.

내가 왜 〈근친상간〉이냐고 물었어요.

당신은 어깨를 으쓱하면서, 그녀는 우리가 지나치게 가깝다는 뜻으로 한 말이라고 대답했어요.

그녀는 우리가 섹스하지 않는다는 걸 믿지 않으려 했죠.

한번은 통화하다가 내가 뭐라고 말하자 당신이 웃음을 터뜨렸어요. 뒤쪽에서 그녀가 책을 읽으려는 중이라면서 쏘아붙였죠. 당신이 그 말을 무시하고 계속 웃자 그녀는 분노했죠. 책을 당신의 머리통에 내던졌어요.

당신은 아니라고 말했죠. 나를 자주 만나지 않는 데 동의했지만 절교는 거부했어요.

한동안 당신은 그녀의 분노, 날아드는 물건들, 고함과 울음, 이웃들의 불평을 감내했어요. 그러다가 거짓말을 했죠. 몇 년간 우린 진짜 은밀한 연인이라도 되는 것처럼 몰래 만났죠. 그녀의 적대감은 줄지 않았어요. 공공장소에서 우연히 마주치면 날 노려보곤 했죠. 심지어 추도식에서도 나를 노려보더라고요. 그녀의 딸 ─ 당신의 딸 ─ 은 그 자리에 오지 않았어요. 누군가 그 딸이 브라질에서 조사 프로젝트 중이라고 말하더군요. 멸종 위기의 조류와 관계된 연구라고 했나 그래요.

당신과 외동딸은 소원해서 무척 불행한 관계였고, 부인보다도 딸이 더 당신의 외도를 용서하지 않았지요.

아이가 이해하지 못해. 그 아이는 날 이해 못 해, 라고 당신은 말했어요.

(왜 딸이 이해하지 못한다고 생각했던 거예요?)

하지만 2번 부인의 추도사에는 한 점의 적대감도 없더군요. 그녀의 인생에서 당신은 빛이요, 사랑이라고 말했어요. 자신에게 일어난 최고의 일이라고. 그리고 이제 둘의 결혼 생활에 대해 책을 쓰는 중이라더군요. **소설화해서.** 책을 보면 당신이 우리가 잔 걸 그녀에게 털어놨는지 알 수 있겠죠. 한 번. 수년 전에. 그녀가 당신을 만나기 오래전에.

당신은 학교를 졸업하자마자 강의를 시작했어요. 당신과 친구가 된 제자는 나 혼자가 아니었고, 나나 당신이나 같은 강의에서 1번 부인을 만났지요. 당신은 학과의 최연소 교수로, 학과의 재원이자 로미오였어요. 당신은 강의실에서 사랑을 금지시키려고 한들 헛수고라고 느꼈죠. 훌륭한 선생은 유혹자라고 말했고, 누군가의 마음을 매정하게 거절한 적도 있겠죠. 내가 당신의 말을 제대로 이해 못 한다고 흥분이 가라앉는 건 아니었어요. 나 자신이 지식을 갈망한다는 것과 당신이 지식을 전달할 능력의 소유자란 사실을 알았어요.

우정은 학기가 끝나고도 지속되었고, 그해 여름 — 당신이 1번 부인에게 구애를 시작한 시기 — 우린 떨어질 수 없는 사이가 되었지요. 어느 날 당신에게 우리가 잠자리를 해야 된다는 말을 듣고 깜짝 놀랐죠. 하긴 당신의 평판으로 미루어 이건 놀랄 일도 아니었을 거예요. 하지만 시간이 제법 흘렀기에 난 당신이 덤벼들기를 기다리며 안달하지 않게 되었거든요. 그런데 불쑥 그 제안을 받자 어떻게 받아들여야 될지 난감했어요. 어리석게도 왜냐고 물었죠. 그러자 당신은 웃음을 터뜨렸어요. 내 머리를 쓰다듬으면서 **우리가 서로에 대해 그걸 알아내야 되니까**, 라고 대답했죠. 둘 다 내가 거절할 거라고 예상하지 않았다는 생각이 드네요. 당시 내 욕망들 중 — 내 인생에서 가장 뜨거웠던 시기였을 거예요 — 타인을, 어떤 남자를 온전히 신뢰하고 싶은 게 가장 강렬했어요.

나중에 당신이 둘이 친구 이상이 되려는 것은 실수라고 말하자 난 굴욕감을 느꼈어요.

한동안 아픈 척했죠. 그보다 오랫동안 타지에 머무는 척했고요. 그러다 진짜 병이 났고, 난 당신을 탓하면서 저주했어요. 당신이 내 친구가 될 수 있다고 믿지 않았어요.

하지만 결국 둘이 만나기 시작하면서, 우려했던 괴로운 어색함은커녕 뭔가가 — 어떤 긴장감, 전에 제대로 의식하지 못하던 혼란 — 없어졌죠.

물론 그게 당신이 바라던 바였죠. 이제 당신이 1번 부인을 정복했는데도 우리의 우정은 깊어졌어요. 내 경우 어떤 우정보다 오래 지속될 관계였죠. 내게 깊은 행복감을 가져다줄 관계였어요. 행운으로 느꼈고, 고통을 겪었지만 남들과 달리 마음의 상처를 입지 않았어요. (입지 않았다고요? 한번은 심리 상담사가 그렇게 도발하더라고요. 2번 부인만 우리 관계를 불온하게 본 게 아니었어요. 또 상담사만 그걸 긴 세월 내가 독신으로 지낸 이유로 의심한 게 아니었고요.)

1번 부인. 부정할 수 없는 진실하고 열정적인 사랑. 하지만 당신 쪽에서 보면 신의를 지킨 사랑은 아니었죠. 마무리되기 전에 그녀는 무너졌어요. 예전과 달라졌다고 해도 과언이 아니죠. 그런데 당신도 마찬가지였어요. 그녀가 병원에서 퇴원하고 곧 다른 사람을 만나자 당신이 얼마나 비통했는지 기억나요.

그녀가 재혼하자 당신은 **난** 절대 재혼하지 않는다고 호언장담했죠. 10년간 연애가 이어졌고 대개 짧게 끝났지만, 몇 번은 결혼 생활과 크게 다르지 않은 관계였어요. 배신으로 끝나지 않은 경우가 한 번도 없었을걸요.

W. H. 오든[20]은 우는 여자들을 남기고 떠나는 사내들이 맘에 들지 않는다고 말했죠. 시인은 당신을 증오했을걸요.

3번 부인. 당신이 반석이라고 우리에게 말한 기억이

20 Wystan Hugh Auden. 미국 시인.

나네요. (내 **반석**이라고 말했죠.) 그녀는 아홉 남매의 맏이고, 어려서 어머니가 장애로 생긴 병을 앓았고 아버지는 투잡을 뛰느라 힘들었다고. 그녀의 첫 결혼에 대해 내가 아는 것은, 남편이 산악 등반 사고로 죽었다는 사실과 슬하에 아들이 하나 있었다는 것이 다였어요.

이번이 그녀와 나, 둘만의 첫 만남이에요. 난 그녀가 마음을 털어놓지 않는 사람이란 걸 알기에 오늘 수다스러워서 퍽 놀라요. 에스프레소가 와인처럼 입을 풀리게 하는지. 그녀가 말하면서 머리를 앞뒤로, 천천히 앞뒤로 흔드네요. 내게 최면을 걸려는 걸까요? 부드럽고 차분한 목소리로 말하지만 초조한 기색이에요.

자기 인생에서 자살한 사람이 당신이 처음이 아니라고 말하네요.

「할아버지가 총으로 목숨을 끊었어요. 그 일이 벌어졌을 때 난 아주 어렸고 할아버지에 대한 기억이 없어요. 하지만 그 죽음은 유년기의 큰 부분을 차지했죠. 부모님은 그 일을 함구했지만 그 사건은 구름 끼듯, 구석의 거미줄처럼, 침대 밑의 유령처럼 늘 집에 어른댔죠. 친할아버지였는데 아버지는 그에 대해 묻지 말라고 내게 입단속했어요. 어른이 되고서야 어머니를 닦달해서 귀동냥할 수 있었죠. 어머니는 할아버지의 자살이 엄청난 충격이었다고 했어요. 유서도 없었고, 할아버지를 아는 그 누구도 자살할 이유를 단 한 가지도 짐작할 수 없었다더군요.

자살은 고사하고 우울증 징후도 보이지 않았다고. 그 미스터리가 아버지를 더 힘들게 했지요. 아버지는 필시 끔찍한 사연이 있었다고 오랫동안 주장했어요. 할아버지가 자살한 것보다 설명하지 않은 게 더 아버지를 격앙시켰다고 어머니는 말했어요. 아버지는 자살한 이유가 있다고 생각했죠.」

한편 당신은 늘 우울증에 시달렸어요. 3번 부인은 작년 6개월만큼 힘든 때가 없었다고 말해요. 아침에 잠자리에서 일어나지도 못했고 한 글자도 못 썼다고요. 하지만 이상한 것은, 당신이 적어도 여름 이후 위기를 극복하고 기분이 좋아진 점이에요. 그녀 말로는, 당신이 긴 부진에서 벗어나 여러 번 헛발질 끝에 마침내 짜릿한 작품을 쓰기 시작했지요. 매일 아침 책상에 앉았고 글이 잘 풀린다고 말했다면서요? 소설을 쓸 때 늘 그렇듯 독서를 많이 했고요. 또 신체 활동도 다시 활발했고요.

작년에 그런 침체에 빠진 이유들 중에는 상자를 옮기다가 등을 다쳐서 몇 주간 운동을 못 한 점도 있다고 그녀가 설명하네요. 걷기조차 고통스러웠다고. 또 걷지 않으면 글이 안 써진다는 그이의 징크스를 잘 알잖아요, 라고 그녀가 말해요. 하지만 결국 등 부상이 나았고 당신은 다시 공원에서 긴 시간 산책과 달리기를 했죠.

「그이는 다시 사교적이 되어서, 우울한 기간 동안 피한 사람들 전부와 연락을 주고받았어요. 또 그이에게 개가 생긴 걸 알아요?」

　사실 당신은 이메일에서, 이른 아침에 뛰러 나갔다가 발견한 개에 대해 말했어요. 개가 하늘을 배경으로 서 있는 실루엣을 봤는데, 그렇게 큰 개는 처음 봤노라고. 얼룩이 있는 그레이트데인 종이라고. 목걸이나 이름표가 없는 걸로 봐서 순종이지만 유기견인 듯하다고. 당신은 개 주인을 찾으려고 사방팔방으로 수소문했지만 성과가 없자 개를 키우기로 결정했어요. 부인은 경악했고요. 애당초 그녀가 개를 좋아하지 않고 다이노는 대형견이라고 당신은 말했어요. 어깨부터 발까지 86센티미터. 체중 82킬로그램. 사진을 첨부했죠. 당신과 개가 뺨과 턱 밑살을 맞댔는데, 개의 머리통이 커서 언뜻 보면 망아지 같았죠.

　나중에 당신은 다이노[21]라는 이름이 안 어울린다고 결정했죠. 이름에 비해 개가 대단히 품위 있거든, 이라고 당신은 말했어요. 챈스라는 이름은 어떠냐고 내게 물었죠. 초운시는? 디에고는? 왓슨은? 롤프는? 알로는? 알피는? 그중 아무거나 괜찮겠더라고. 결국 당신은 아폴로라고 이름을 정했어요.

　몇 개월 앞서서 자살한 당신의 친구를 아느냐고 3번 부인이 물어요.

　그 사람을 만난 적이 없어요, 라고 내가 대답해요. 당

---

21 *Dino*. 공룡.

신에게 들어 본 사람이긴 하지만.

「아, 그 가여운 사람은 건강이 아주 나빴어요. 공기증, 암, 협심증, 당뇨병을 앓았어요. 삶의 질이 완전히 바닥이었지요.」

한편 당신은 건강 상태가 아주 양호했죠. 주치의는 당신의 심장과 근육 나이가 실제 나이보다 무척 젊다고 말했으니까.

여기서 그녀는 잠깐 말을 끊고, 들릴 듯 말 듯 한숨을 쉬더니 고개를 창으로 돌려요. 찾는 답이 나타나기라도 할 것처럼 거리를 쓱 훑어보네요. 좀 늦게 뛰어오는 중인 듯이.

「내 요지는 이거예요. 기복이 있었을 테고 남들처럼 노화를 즐기진 못했어요. 그이는 제법 잘해 나가는 것 같았어요.」

내가 응답이 없자 ― 무슨 말을 하겠어요? ― 그녀가 말했어요.

「그이가 강의를 중단한 게 실수였다는 생각이 들어요. 좋아한 일이어서만은 아니고, 강의가 삶을 체계적으로 만들어 주었으니까요. 그이에게 좋았다는 걸 난 알아요. 그이가 강의를 예전처럼 만끽하지 않은 것도 알지만요. 사실 그이는 늘 불평했어요. 강의가 너무 기운을 뺀다고, 특히 작가에게는 그렇다고 말하더라고요.」

내 휴대폰에서 땡 소리가 나요. 급한 메시지는 아니지

만, 시간을 보자 덜컥 초조해져요. 가야 할 곳이 있는 건 아니에요, 오늘 다른 계획은 없으니까. 하지만 반 시간이 지났고 커피 잔이 비었는데, 난 여기 왜 있는지 아직도 몰라요. 계속 그녀가 특별한 용건을 꺼내기를 기다리고 있어요. 말문을 열기 어려운 이야기겠지요. 그녀가 뭘 아는지, 심지어 얼마나 아는지 내가 모르니까 말문을 열기가 훨씬 까다로운 화제겠죠. 당신이 어떤 일을, 예컨대 학생들에게 〈디어〉[22]라는 호칭에 대해 항의받은 일을 부인에게 감춘 몇 가지 이유가 생각나요.

난 학생들이 상황을 영리하게 처리했다고 생각했어요. 항의 서한을 당신에게, 오직 당신에게만 보냈잖아요.

그들은 당신이 그 호칭을 매력적으로 여긴다고 지적했죠. 품위 손상이라고. 부적절하다고. 중지해야 한다고.

당신은 중지했지만 토라졌죠. 그 무해한 습관을 몇 년이나 지속했을까요? 처음 강의를 시작한 후부터. 오랜 세월 단 한 명도 불평하지 않았어요. 그런데 이제 모두 — 여성 수강생 전원(대부분의 글쓰기 강좌처럼 이 수업의 참가자도 거의 여성이었지요) — 편지에 서명했어요. 물론 당신은 집단 공격을 받는다고 느꼈고요.

사소한 일이라고 내가 맞장구치지 않았나요? 난감하고 사소한 사건인 걸 나도 알았잖아요? 학생들이 글의 어휘 선택에나 그렇게 요란을 떨면 좋으련만!

22 *Dear*. 어린 사람을 사랑스럽게 부르는 호칭.

이때 아주 드물게도 우린 다퉜어요.

나: 뭐라고 항의하는 사람이 없다고 해서 꺼리는 사람이 없다는 뜻은 아니라고요.

당신: 아니, 아무 **말**도 하지 않았으니 **꺼리지** 않는 거야, 안 그래?

난 어리석게도 (부주의했다고 인정해요) 여러 해 전 그 프로그램에서 강의한 유명 시인을 들먹였어요. 학생들이 수강하려고 경쟁하자, 그는 여학생들의 외모를 기준으로 선택하려고 개인 면접을 요구했지요. **그러고도 아무 일 없이 넘어갔고요.**

나는 당신의 머리가 터질 거라고 생각했죠. 그런 불쾌한 비교를 하다니! 감히 당신이 그런 짓을 저질렀다고 빗대 말하다니.

미안해요.

하지만 오랜 세월 당신은 제자들이나 과거 제자들과 잇달아 연애했어요.

스스로 그걸 잘못으로 보지 않았지요. (**잘못이라고 생각하면 하지 않을 거야.**) 게다가 금지 규정도 없었고요. 연애하는 게 순리지, 라고 당신은 말했어요. 강의실은 세상에서 가장 에로틱한 장소지. 이걸 부인하는 건 소아기적이고. 조지 스타이너[23]를 읽어 봐. 『스승들의 교훈』[24]을 읽

---

23 미국 평론가, 문필가, 교육가, 철학자.
24 스타이너가 남성 멘토와 여성 제자의 관계를 토대로 서술한 책.

어 보라고. 난 조지 스타이너를 읽었어요. 그는 당신이 흠모하고 사랑한 스승들 중 한 명이었지요.『스승들의 교훈』을 읽었는데 이런 대목이 나와요. **은밀하던, 공개적이던, 공상에 잠기던, 재현하던 가르침에 에로티시즘이 섞여 있다. (……) 이 핵심적인 사실이 성희롱으로 특정됨으로써 무시된다.**

말하지 않은 것: 내가 위선자였어요. 당신이 〈디어〉라고 부르면 내가 전율했다는 걸 우리 둘 다 알았죠.

그리고 당신이 지적할 만도 하죠. 적지 않은 경우 학생들이 먼저 당신을 유혹했으니.

그런데 초창기의 어떤 여학생이 기억나네요. 외국인이었는데 당신이 접근하자 퇴짜를 놓았고, 나중에 성적을 A를 받아야 마땅한데 당신이 골탕을 먹이려고 A-를 주었다고 비난했죠. 결국 이 여학생이 습관적으로 성적에 항의한다는 게 밝혀졌고, 신고를 받은 위원회는 A-도 의심스러울 만큼 후한 성적이라고 결론 내렸어요. 그러나 사제지간의 연애가 공식적인 금기는 아닐지라도, 당신의 처신은 적절성과 건전한 윤리적 판단의 부족을 드러냈어요. 봐주고 넘어갈 수 없는 일이었지요.

경고. 당신은 경고를 무시했어요. 그리고 무사히 빠져나갔죠.

당신이 변하는 데 10년이나 걸렸어요. 엄청난 세월이란 뜻이에요.

당신은 막 50대에 접어들었죠. 체중이 10킬로쯤 불었고, 다시 빠지긴 했지만 한동안 그 체중이었죠. 당신은 그 술집에 이미 취해서 왔고, 완전히 만취해서 아무 말이나 쏟아 냈어요. 난 당신이 그만하기를 바랐어요. 난 당신이 여자 이야기를 하는 걸 질색했어요. 질투 때문이 아니었어요, 이미 질투하지 않았거든요. 맹세컨대 당신의 이런 면에 마음을 내려놓은 지 오래되었죠. 당신 때문에 난처해지는 게 싫었어요. 당신은 내가 아무것도 할 수 없는 줄 알면서도 어쨌거나 상처를 내게 보여 줘야 했지요. 상스러운 폭로가 수반되어야 하는데도 말이죠.

그녀는 열아홉이 된 지 반년 지났어요. 〈반〉 년이 중요할 만큼 어린 나이죠. 그녀는 당신을 사랑하지 않고 그건 당신도 참을 수 있죠(솔직히 말하면 당신은 그게 더 좋죠). 당신이 참을 수 없는 건, 그녀가 당신을 원하지 않는다는 사실이에요. 그녀는 본심이 아니지만 이따금 욕망을 가장해요. 대부분은 게을러빠져서 그나마도 못 하지만. 사실 섹스는 안중에 없죠. 그녀에게 섹스는 당신이랑 무관해요. 그녀가 신경 쓰는 섹스는 다른 데서 해소하고 당신은 그걸 잘 알아요.

이즈음 이런 패턴이 생겼죠. 젊은 여성들은 기꺼이 당신이랑 자려고 하지만, 당신과 달리 그들은 욕망을 느끼는 게 아니에요. 대신 그들이 끌리는 것은 나르시시즘이죠. 권력을 쥔 연상의 남자를 무릎 꿇리는 전율감.

열아홉 살 반 아가씨는 당신을 마음대로 조종해요. 이랴, 이랴. 이쪽으로, 아니, 저쪽이요, 교수님.

당신은 (남의 말을 인용했겠죠) 젊은 여성들이야말로 세상에서 가장 힘센 사람들이라고 즐겨 말했어요. 사실인지는 모르겠지만, 어떤 종류의 힘을 뜻하는지는 다들 알아요.

당신에게 방탕은 늘 제2의 천성이었어요(앞서 선친이 그랬던 것 같아요). 외모, 언어 재능, BBC 방송 같은 영어 발음, 자신만만한 태도가 어우러져 마음에 드는 여자들을 쉽게 매료시켰죠.

강렬한 연애 생활은 집필에 도움 정도가 아니라 필수라고 당신은 말했죠. 하룻밤 열정을 태운 후 방금 책 한 권을 잃었다는 발작의 한탄이나, 오르가슴은 남자의 창작 액체라는 — 인생보다 일을 택하는 것은 남자가 감내할 수 있는 성적 자제력을 의미했지요 — 플로베르의 주장은 흥미롭지만 밑바탕에 어리석음이 깔려 있어요. 그런 두려움을 토대로 삼는다면 지구에서 가장 창의적인 사람들은 수도사들이게, 라고 당신은 말했죠. 또 실제로 훌륭한 작가들이 엄청난 바람둥이기도 했다고, 적어도 잠재적인 성 본능을 갖고 있었다고. 헤밍웨이는 두 사람을 위해 글을 쓴다, 라고 말했다고 당신은 지적했어요. 하나는 자신을 위해, 하나는 사랑하는 여자를 위해. 흡족한 섹스를 많이 하는 시기에 최고의 작품을 쓴다고 당신은 말했어요. 연애 시작 시점이 우연히도 창의력이 분출하는 시점과 맞아떨어지기 일쑤였죠. 당신은 그걸 외도의 핑계로 삼기도 했어요. 글이 꽉 막혔는데 마감이 코앞이었어, 라고 말한 적도 있어요. 허튼소리가 아니었죠.

바람기가 삶에 괴로움을 가져온대도 그럴 가치가 있지, 라고 당신은 말했죠. 물론 당신은 변화를 심각하게 고려해 본 적이 없었어요.

변해야 된다는 걸 — 당신은 그 문제를 언급하지 않았죠 — 그리 걱정하지 않는 눈치였어요.

어느 날 호텔 욕실에서 당신은 충격을 받아요. 샤워실 문 맞은편에 전신 거울이 걸려 있어요. 중년 사내에게 뭐 그리 끔찍한 게 있겠어요. 하지만 환한 불빛 속에서 부인할 수 없는 진실을 보게 되죠.

그건 어느 여자도 흥분할 몸매가 아니에요.

힘이 빠졌고 다시 되돌릴 수 없어요.

당신은 말했죠. 거세된 기분이었지.

하지만 나이는 그런 거 아닌가? 슬로 모션 거세. (내가 당신의 말을 인용하는 건가요? 당신의 책에서 본 문장인가?)

여자를 쫓아다니는 게 삶의 워낙 큰 부분이라서 당신은 다르게 사는 건 상상도 못 했죠. 그러지 않는 당신, 그게 당신 맞을까요?

다른 사람이죠.

아무도 아닌 거지.

당신은 체념할 마음의 준비를 한 건 아니었죠. 먼저 늘 매춘 여성들이 있었어요. 학생들과 잠자리 기회는 부족한 적이 없었고요. 결국 젊은 여성들이 서른만 넘은 남자도 늙다리 취급을 하는 건 당신도 익히 알았고.

하지만 지금까진 상대가 복종하는 — 아무런 욕망 없이 완전히 복종하는 — 결합으로도 감지덕지인 정도는 아니었죠.

다른 거울은 J. M. 쿠체[25] 작 『치욕』.[26] 당신이 — 우리가 — 좋아한 작가의 작품이죠.

데이비드 루리.[27] 당신과 동년배, 같은 직업, 같은 기질의 소유자죠. 같은 위기를 겪고요. 소설 도입부에서 그는 나이 든 사내의 피치 못할 운명에 대해 기술하죠. **오밤중에 세면대 위의 바퀴벌레를 보고 흠칫 떨듯** 매춘 여성들이 흠칫 떠는 부류의 사내가 되는 것에 대해서.

술집에서 만취해 감상적인 된 당신은 애인에게 키스했는데 그녀가 몸을 움츠렸다고 내게 말해요. 목에 경련이 일었어요, 라고 그녀가 말했다면서요.

그만 만나지 그래요, 라고 내가 말해요. 당신이 훨씬 심한 굴욕을 자초하리란 걸 난 듣지 않아도 너무 잘 알죠.

25 남아프리카공화국 출신의 노벨 문학상 수상 소설가.
26 *Disgrace*. 〈불명예〉, 〈망신〉. 한글 번역본의 제목은 〈추락〉.
27 『치욕』의 주인공.

데이비드 루리는 망신스러운 상태에 경악해서 — 이제 성적 매력이 없는데도 욕정으로 꿈틀대죠 — 실제로 거세해야 될지 고민해요. 의사에게 해달라고 의뢰하거나 교과서를 참고해 스스로 처리할 가능성을 숙고하죠. 추접한 노인의 별난 짓거리보다 혐오스러운 게 없을 테니까요.

대신 그는 제자에게 달려들면서 치욕을 당하고, 그로 인해 파멸에 이르죠.

당신이 간절하게 읽은 책이었어요.

하지만 당신은 루리 교수보다 운이 좋았죠. 치욕을 몰랐으니까. 자주 당황스럽기야 했죠. 때로 창피했고. 하지만 치유 불가능한 치욕은 겪지 않았어요.

1번 부인은 이론을 내세웠어요. 바람둥이는 두 부류가 있지, 라고 말했어요. 여자를 사랑하는 부류가 있고 여자를 증오하는 부류가 있어. 당신은 첫 부류에 속한다더군요. 여자들이 당신 같은 부류를 더 용서하고 더 이해하고, 심지어 보호하는 경향이 있다고 그녀는 믿었죠. 부당한 일을 당해도 복수하려 들지 않는다고.

물론 예술가거나 다른 부류의 숭고한 직업을 가진 남자라면 도움이 되지, 라고 말했죠.

혹은 이단아 같은 부류거나, 라는 게 내 생각이었고요. 그 타입이 가장 통할 것 같았죠.

질문. 바람둥이를 이런저런 타입으로 만드는 요소가

무엇일까?

대답. 당연히 그의 모친.

하지만 당신은 예언을 했어요. 계속 강의하면 난 조만간 비탄에 빠질 거야.

나도 그게 두려웠어요. 내가 아는 루리 같은 친구들 중 한 명이 당신이었거든요. 경솔하고 남성미를 강조해서 커리어, 생활, 결혼 — 모든 것 — 을 위험에 빠뜨리는 위인들. (남자들이 그러는 **이유**라면 남자라서, 라고 설명할 수밖에 없겠네요.)

3번 부인은 이런 걸 얼마나 알려나? 그녀는 얼마나 신경 쓸까?

내 알 바 아니고 알고 싶지도 않아요.

마치 내 생각을 들은 듯이 그녀가 말해요. 「내가 왜 만나고 싶었는지 말할게요.」 무슨 이유인지 이 말을 듣자 가슴이 두근대기 시작해요. 「개 때문이죠.」

「개요?」

「그래요. 개를 맡아 주려는지 물어보고 싶었어요.」

「개를 맡아요?」

「개에게 가정을 주는 거죠.」

그녀에게 그런 말을 들을 줄은 상상도 못 했죠. 마음이 놓이면서도 짜증이 나요. 그럴 수가 없어요, 라고 대답해요. 내가 사는 아파트에서 개를 키우는 게 금지라서요.

3번 부인은 의심스러운 눈초리를 던지면서, 당신에게

그렇게 말한 적이 있느냐고 물어요.

난 모르겠네요, 라고 대답해요. 기억나지 않아요.

그녀는 잠시 가만있다가, 당신이 개를 들인 사연을 아느냐고 물어요. 무슨 영문인지 난 고개를 저어요. 그래서 이미 아는 이야기를 그녀에게 듣지요. 당신이 개를 키우기로 결정하자, 부부가 대판 싸웠어요. 멋진 동물이고 — 당신은 어떻게 그런 버림받은 가여운 것에게 연민을 느끼지 않을 수 있느냐고 항의했지만, 부인은 개를 좋아하지 않고 키워 본 적도 없고 더구나 이건 큰 개였죠 — 못된 개가 아니고 실은 대단히 훌륭한 개이지만, 공간을 많이 차지하죠. 부인은 당신에게 개에 대한 어떤 책임도 — 예를 들어 당신이 출장 가면 — 나누지 않겠노라 밝혔어요.

「난 개를 맡을 사람을 찾아보라고 간청했고, 그때 당신 이름이 나왔어요.」

「그랬어요?」

「네.」

「하지만 저는 전혀 못 들었는데요.」

「그이가 진심으로 개를 키우고 싶어서 그랬겠죠. 결국 그가 날 이겼죠. 하지만 당신 이름이 몇 차례 나왔어요. 혼자 사는 사람이다, 같이 사는 파트너나 아이나 반려동물이 없다, 주로 집에서 일한다, 동물을 사랑한다. 그이가 딱 그렇게 말했어요.」

「선생님이 그렇게 말했다고요?」

「내가 왜 없는 말을 하겠어요.」

「아뇨, 그런 뜻은 아니었어요. 그냥 놀라워서요. 선생님이 아무 말씀도 없으셨고, 저는 개를 본 적조차 없거든요. 개를 사랑하는 건 맞는데 키워 본 적은 없어요. 고양이만 키웠죠. 애묘인 타입이거든요. 아무튼 개를 맡을 수 없어요. 임대 계약 조건 때문에요.」

「그렇다면요.」 그녀의 목소리가 떨려요. 「흠, 어쩌면 좋을지 모르겠네요.」 부인은 어깨를 떨궈요. 그녀는 힘든 상황을 겪고 있죠.

멋진 순종 개를 원하는 사람이 많을 텐데요, 라고 내가 말해요.

「그렇게 생각해요? 강아지라면 그렇겠죠. 하지만 개를 원하는 사람들은 이미 개를 키우고 있어요.」

개를 맡을 만한 가족은 없나요? 내가 물어요. 그 질문이 그녀의 부아를 돋우나 봐요.

「내 아들과 며느리는 막 아기를 낳았어요. 집에 낯선 대형견을 들일 수 없는 형편이에요.」

남편 딸은 불가능한지에 대해. 「그 아이는 현장에서 장시간 보내는 데다 일정한 주소도 없는걸요.」

「틀림없이 누군가 있을 거예요. 제가 알아볼게요.」 내가 말해요. 하지만 사실 가망이 없어요. 부인 말이 옳아요. 개를 원하는 사람들은 이미 개를 키우고 있죠. 머리에 떠오르는 개를 키우지 않는 사람들은 전부 고양이 한 마리 정도는 키우고요.

「정말 개를 키울 수 없나요?」내가 물어요. 그래야 된다는 강한 의견은 입 밖에 내지 않고 남겨 두죠.

「고려해 봤어요.」자신 없는 말투예요. 「우선 오래 살지 않아요. 그레이트데인 종은 수명이 짧아 6년에서 8년 정도예요. 수의사는 아폴로가 이미 5년은 살았다고 보지요. 하지만 난 그 개를 원하지 않았고, 지금은 특히 그래요. 결국 내가 계속 키우면 후회할 게 빤해요. 그리고 아폴로랑 살고 싶지 않아요. 늘 그 감정을 안고 살아야 되니, 안 그래도 복잡한 판국에……」당신에 대한 감정이라는 뜻이지만 그녀는 그렇게 말하지는 않아요. 「너무 힘들 거예요.」

나는 고개를 끄덕여 이해한다는 뜻을 전해요.

그녀가 말해요. 「또 조기 은퇴를 계획하던 참이었어요. 이제 혼자니까 더 많이 여행하고 싶어요. 애당초 원하지 않았던 개 때문에 발이 묶이는 건 딱 질색이에요.」

난 다시 고개를 끄덕여요. 정말 이해가 돼요.

누군가 개 보호소를 알아보라고 조언했지만 그녀가 접촉한 곳마다 대기가 많았어요. 애지중지하던 개를 낯선 사람에게 줘버리거나 보호소에 보내면 당신이 어떻게 볼까 생각하니 그녀는 괴로웠죠. 「하지만 그럴 수밖에 없어요. 개가 여생을 애견 호텔에서 살 수는 없는 노릇이죠.

무엇보다 비용이 엄청나서.」

「개를 애견 호텔에 넣었어요?」

「개를 애견 호텔에 넣었어요.」 그녀는 내 말투에 발끈해서 대꾸해요.「달리 어쩌면 좋을지 몰랐으니까. 개한테 죽음을 설명할 수 없잖아요. 개는 아빠가 다시 집에 오지 않는다는 걸 이해 못 했어요. 밤이고 낮이고 문간에서 기다렸죠. 한동안 먹지도 않으려 해서 그러다 굶어 죽을까 봐 걱정되더라고요. 하지만 최악은 이따금 그 소리, 울음이랄까 흐느낌이랄까 아무튼 그런 소리였어요. 소란하지는 않아도 귀신이나 그런 으스스한 게 내는 이상한 소리. 계속 그러는 거예요. 간식으로 관심을 돌려 보려 해도 개가 고개를 돌렸죠. 한번은 나한테 으르렁거리기까지 했어요. 이따금 한밤에도 소리를 냈죠. 그 소리에 잠이 깨면 다시 잠을 이룰 수가 없었어요. 그렇게 누워서 그 소리를 듣다 보면 결국 내가 미치겠단 생각이 들었어요. 매번 마음을 추스를 때마다, 문간에서 기다리는 개를 보거나 개가 그렇게 울기 시작하면 난 다시 무너져 내렸어요. 개를 집에서 내보낼 수밖에 없었어요. 이제 개를 보냈는데 다시 데려오는 건 잔인한 일일 거예요. 개가 그 집에서 다시 행복해지는 건 기대할 수 없어요.」

아키타견 하치코의 사연이 생각나네요. 하치코는 매일 퇴근하는 주인을 맞으러 도쿄 시부야역에 나갔지요.

어느 날 주인이 갑자기 죽었고 하치코는 하염없이 기

다렸어요. 다음 날도, 이후 10년 가까이 매일 개는 그 시간에 역에 나타났어요.

아무도 하치코에게 죽음을 설명할 수 없었지요. 사람들은 개를 전설로 만들고 동상을 세우고, 백 년이 지난 오늘날도 찬가를 부르는 것밖에 할 수가 없어요.

믿기 어렵지만 하치코보다 오래 그런 개가 있어요. 이탈리아 피렌체 인근 마을에 사는 개 피도는 (제2차 세계대전 중 공습으로) 죽은 주인을 그가 퇴근할 때 내리던 버스 정류장에서 14년간 매일 기다렸어요. 또 하치코 전에는 그레이프라이어스 보비가 있었죠. 스카이 테리어[28]였는데 1858년 에든버러에서 주인이 죽자 개는 죽을 때까지 14년간 매일 밤 주인의 무덤을 지켰지요.

이런 행동이 극단적인 우매함이나 정신병이 아니라, 신의의 예로 비춰지니 흥미롭죠. 난 개가 애도하느라 익사했다는 중국발 뉴스가 의심스러워요. 이런 이야기들 때문에 늘 고양이를 선호했어요.

「한동안만 개를 맡아 주면 어떨까요? 그 정도만으로도 큰 도움이 될 거예요. 집주인도 개가 잠시 머무는 것은 반대하지 못할 거예요.」

집주인만 문제가 되는 게 아니에요, 라고 난 설명해요. 아파트가 **작아요**. 그런 몸집의 개라면 몸도 못 돌릴 거예요.

28 스코틀랜드 스카이섬에서 난 사냥개의 후손.

「그래요, 하지만 아폴로는 경비견이에요. 물론 운동이 필요하지만 다른 개들이랑 비교가 안 되게 조금이면 족해요. 목줄을 풀어도 주인에게서 멀리 떨어지지 않아요. 보면 알겠지만 무척 순종적이고요. 모든 명령을 알아들어요. 짖지 말아야 될 때는 짖지 않아요. 물건을 망가뜨리지도 않고 사고를 치지도 않고요. 침대에 올라가면 안 되는 것도 알아요.」

「정말로 그럴 거라고 믿지만…….」

「바로 몇 달 전에 검진을 받았어요. 관절염을 제외하면 건강 상태가 양호해요. 관절염은 그 나이의 대형견에게 흔한 질환이고요. 모든 접종을 한 것은 당연하고요. 그래요, 큰 폐를 끼치는 일인 줄 알지만, 가여운 녀석을 그따위 애견 호텔에서 데리고 나오고 싶은 마음이 간절해요! 그런데 내가 집에 데려가면, 장담컨대 개는 한평생 문간에서 기다리며 살 거예요. 그보다 나은 삶을 살 자격이 있지 않을까요?」

네, 그렇게 생각해요. 가슴 아프네요.

죽음을 설명할 수가 없죠.

그리고 사랑은 그보다 나은 대접을 받아야죠.

part 2

녀석은 대개는 날 무시해요. 여기서 자기 혼자 사는 거와 매한가지예요. 이따금 눈을 맞추지만 얼른 다시 고개를 돌려요. 다갈색 눈망울은 놀랍도록 사람 같아서 당신의 눈을 연상시켜요. 전에 내가 타지에 가야 해서 고양이를 남자 친구에게 맡겼어요. 그는 애묘인이 아니었지만, 고양이를 데리고 있어서 참 좋았다고 나중에 말하더군요. 네가 그리웠는데 고양이랑 있으니 네 일부가 여기 있는 느낌이었어, 라고 말했어요.

당신의 개랑 있으니 당신의 일부가 여기 있는 느낌이에요.

아폴로의 표정은 변하지 않아요. 주인 무덤가에 엎드린 그레이프라이어스 보비의 눈이 딱 저럴 거라고 상상돼요. 아폴로가 꼬리를 흔드는 걸 아직 못 봤어요. (꼬리끝은 잘리지 않았지만 귀는 잘렸네요. 안타깝게도 반듯하게 잘리지 않아 한쪽이 다른 쪽보다 작아요. 중성화 수

술도 받았네요.)

침대에 올라가면 안 되는 것도 알아요. 개가 가구에 올라가면 **내려오**라고 말하면 돼요, 라고 3번 부인은 말했어요.

첫날 아폴로는 킁킁대며 아파트 안을 어슬렁대다가 — 하지만 축 늘어져서 아무 관심이나 호기심 없이 — 침대로 올라가 널브러졌어요.

내려와란 말이 목구멍에 걸려 나오지 않았어요.

잠자리에 들 때가 되기를 기다렸어요. 그 전에 아폴로는 사료 한 대접을 먹고 같이 산책을 했지만, 이번에도 주위에서 일어나는 일에 관심이 없고 심지어 의식도 하지 않았지요. 다른 개를 봐도 자극받지 않았어요. 한편 아폴로는 여지없이 이목을 끌었어요. 구경거리가 되고 계속 촬영당하고, 자주 방해받는 데 적응하려면 한참 걸리겠지요. 몸무게가 얼마예요? 사료를 얼마나 먹죠? 개 등에 타봤어요?

아폴로는 고개를 푹 숙이고 걸어요, 짐을 실은 동물마냥.

집에 돌아와 침실로 직행해 침대에 쓰러지더라고요.

애도하느라 지쳐서 그런다는 생각이 들었어요. 난 아폴로가 상황을 다 안다고 믿거든요. 어떤 개보다 영리해요. 당신이 영원히 떠난 걸 알아요. 자기가 브라운스톤 집으로 돌아가지 않을 걸 알아요.

가끔 아폴로는 벽을 보고 누워 몸을 쭉 뻗어요.

1주가 지나자 개를 보살피는 게 아니라 징역을 사는 기분이에요.

첫날 밤 이름을 듣자 아폴로는 큰 머리통을 들더니 어깨 너머로 날 곁눈질했어요. 내가 침대에서 내려놓을 의사를 분명히 하면서 다가가니, 아폴로는 상상도 못 할 짓을 했어요. 으르렁댔어요.

사람들은 내가 겁먹지 않았다는 사실을 놀라워했어요. 다음에는 으르렁대는 것보다 더한 짓을 하지 않겠느냐면서.

아뇨. 그런 생각은 하지 않았어요.

하지만 체중이 250킬로그램인 고릴라는 어디서 잘까, 라는 썰렁한 농담이 생각났어요.

3번 부인에게 개를 키워 보지 않았다고 말한 것은 백퍼센트 사실이 아니었어요. 두어 번, 개를 키우는 사람과 한집에 살아 봤거든요. 한번은 반은 그레이트데인, 반은 독일 셰퍼드인 잡종견. 그러니까 개에, 대형견에, 이 특정 종에 완전히 문외한이 아니죠. 물론 개들이 하치코 정도는 아니라도 사람을 얼마나 따르는지 알고 있었어요. 개가 헌신의 아이콘인 걸 모르는 사람이 있나요? 하지만 헌신의 본능이 너무 강해서, 자격 없는 인간에게도 퍼주는 게 못마땅해서 난 고양이를 선호해요. 나 없이 잘 지낼 수 있는 반려동물이 좋거든요.

3번 부인에게 아파트 크기에 대해 한 말은 완전히 사실이었어요. 면적이 열다섯 평에 못 미치거든요. 거의 같은 크기의 침실 두 개, 작은 주방. 욕실은 폭이 좁아 아폴로가 동물 우리에 드나드는 것 같죠. 침실 옷장에 몇 년 전 언니가 다니러 왔을 때 구입한 에어 매트가 있어요.

잠에서 깨니 한밤중이에요. 블라인드를 내리지 않고 달이 높아서, 제법 밝은 빛 속에서 아폴로의 반짝이는 눈망울과 촉촉한 검은 코가 보여요. 나는 반듯하게 누워 아폴로의 시큼한 입 냄새를 맡아요. 얼마나 긴 시간이 흐른 느낌인지. 몇 초에 한 번씩 개의 혀끝에서 침방울이 내 얼굴에 튀어요. 마침내 아폴로는 어른 주먹만 한 발바닥을 내 가슴팍에 올려놓고 가만히 있어요. 그 묵직함이라니(성채의 도어노커[1]를 떠올려 봐요).

난 말을 하지 않아요. 움직이거나 손을 뻗어 쓰다듬어 주지도 않아요. 틀림없이 아폴로는 내 심장 박동을 느낄 수 있죠. 개가 내게 체중을 완전히 실으려 할 거라는 무서운 생각이 불쑥 치밀어요. 낙타가 주인을 물고 발길질하고 몸을 짓누르는 사건이 일어났고, 구조팀은 트럭에 밧줄을 매고 나서야 낙타를 끌어낼 수 있었다는 뉴스가 기억나서.

마침내 아폴로가 발을 올려요. 그러더니 코를 내 목덜미에 디밀어요. 미친 듯이 간질간질하지만 난 자제력을 발휘해요. 개는 내 머리와 목 구석구석에 대고 코를 킁킁

1 문을 두드릴 때 쓰는 문에 달린 쇠붙이.

대더니, 몸의 윤곽선을 따라 내려가다 가끔 힘껏 찔러요. 내 밑의 뭔가에 달려들 것처럼. 마침내 크게 재채기를 하더니 침대로 돌아가고, 둘 다 다시 잠들어요.

매일 밤 이 상황이 반복되죠. 몇 분간 나는 강력한 관심 대상이 돼요. 하지만 낮 사이 아폴로는 자기 세계에 빠지고 대개 날 모른 체해요. 이게 무슨 일일까? 전에 키우던 고양이가 생각나요. 녀석은 내게 안기거나 무릎에 앉지 않았어요. 그런데 밤에 내가 잠들기 무섭게 내 엉덩이에 올라와 거기서 자곤 했어요.

또 사실 하나. 아파트 건물에서 개를 키우지 못하는 것. 임대 계약을 하면서 이런 상황은 생각도 못 했어요. 고양이 두 마리를 데리고 이사하면서 개가 생길 줄은 꿈에도 몰랐지요. 아파트 주인은 플로리다에 살고 만나 본 적이 없어요. 관리인 헥터는 옆 건물에 사는데 같은 주인이에요. 헥터는 원래 멕시코 출신이에요. 알고 보니 내가 아폴로를 데려온 날, 헥터는 동생의 결혼에 참석하느라 멕시코에 가 있었죠. 관리인이 돌아온 당일, 우린 산책하러 나가다가 마주쳤어요. 부랴부랴 사정을 설명했죠. 개 주인이 갑자기 세상을 떠났는데 나 말고 맡을 사람이 없어서 당분간만 데리고 있다고. 임대료가 안정된 맨해튼 아파트에서 쫓겨날 위험이 있는 짓보다는 그게 훨씬 그럴듯한 설명 같았어요. 이 아파트를 임대한 지 30년 이상 되었고, 심지어 ― 강의 때문에 ― 다른 고장에서 체류

한 기간에도 계속 임대했거든요.

여기서는 그 동물을 기를 수가 없는데요, 라고 헥터가 말했어요. 당분간도 안 된다고요.

친구가 법 조항을 알려 주었어요. 세입자가 3개월간 아파트에 개를 데리고 있는데 그동안 집주인이 세입자를 퇴거시키려고 조치하지 않는 경우, 세입자는 개를 키울 수 있고 그로 인해 퇴거당할 수 없대요. 과연 그럴까 싶더라고요. 그런데 실제로 뉴욕시의 아파트에서 개와 관련된 법규예요.

조건: 개의 존재를 숨기지 않고 공개해야 한다.

이 개를 숨길 수 없는 거야 두말하면 잔소리였죠. 하루에 몇 차례씩 아폴로를 산책시켜요. 개는 동네의 놀람 거리가 되었어요. 아직 건물 입주자들의 불평은 없네요. 많이들 처음에 아폴로를 보고 깜짝 놀라고, 몇 명은 슬그머니 물러나기도 했지만요. 어떤 여자가 좁은 엘리베이터에 우리와 탑승하는 걸 거부했고, 이후 난 아폴로와 계단을 이용하기로 결정했어요. (아폴로가 쿵쿵대며 5층을 내려가는 모습은 가관이고 유일하게 이때만 볼썽사납지요.)

아폴로가 짖는 개라면 불평 신고가 많을 거예요. 그런데 녀석은 유독 — 불안할 만치 — 조용해요. 처음에는 3번 부인의 말처럼 울부짖을까 봐 염려했는데 아직 그 소리를 못 들었어요. 아폴로가 울면 개 호텔로 쫓겨 간다고 짐작하고 안 우는 것 같아요. 지나친 해석이겠지만,

이제 개가 울지 않는 이유는 당신을 다시 만날 희망을 포기해서라고 난 믿어요.

여기서는 그 동물을 기를 수 없습니다. (늘 **그 동물**. 헥터가 아폴로가 개인 걸 알기는 하는지 가끔 의심스러워요.) 난 사무소에 보고할 수밖에 없어요.

개가 침대에 얼씬대지 않게 훈련되었다는 3번 부인의 말은 거짓말이 아니었을 거예요. 그녀는 아폴로가 다른 환경에 아무 변화 없이 적응할 줄로 짐작했던 거죠. 그녀의 예상이 틀렸음이 밝혀졌지만 전혀 놀랍지 않았어요.
전에 알던 사람은 고양이를 키우다가 아들이 고양이 비듬에 알레르기가 생기자 고양이를 내보내야 했어요. 고양이는 살 집을 찾을 때까지 이 집 저 집 전전했어요 (내 집에서도 지냈죠). 두세 차례 이사는 잘 견뎠는데 한 번 더 옮기자 이전의 고양이가 아니었어요. 엉망이었죠. 고양이가 아무도 같이 살고 싶지 않게 변하자 원주인이 안락사시켰어요.

동물은 자살하지 않아요. 흐느끼지도 않아요. 하지만 무너질 수 있고 실제로 무너져요. 상심할 수 있고 실제로 상심해요. 동물은 정신을 잃을 수 있고 실제로 정신을 잃어요.

어느 밤 집에 가니 책상 의자가 옆으로 자빠지고, 책상 위 물건들이 죄다 흩어졌더군요. 아폴로가 리포트 뭉치를 통째로 씹어 먹었고요. (수강생들에게 솔직히 털어놔야겠죠, 개가 여러분의 과제를 먹었어요.) 수업 후 다른 강사랑 한잔하러 가서 빈둥댔어요. 다섯 시간쯤 집을 비웠는데, 아폴로가 가장 오래 혼자 지낸 날이었지요. 커피 테이블에 둔 두꺼운 문고판 크나우스고르[2]가 갈기갈기 찢겼네요.

사람들은 내게 말해요. 인터넷의 그레이트데인 카페들에 접속만 하면 개를 키울 작자를 찾을 거예요. 이 아파트에서 퇴거당하면 이 동네에서 집세를 감당할 만한 아파트를 못 구할 텐데요. 다른 지역도 저 룸메이트랑 함께 살 아파트는 구하기 어려워요.

난 래시[3]나 린틴틴[4]의 에피소드 같은 공상을 해요. 집에 침입하려는 강도들을 막는 아폴로. 불길을 뚫고 화마에 갇힌 입주자들을 구하는 아폴로. 관리인의 어린 딸을 치한에게서 구하는 아폴로.

언제 저 동물을 치울 건가요. 여기서는 개를 키울 수가 없습니다. 내가 사무소에 보고해야 됩니다.

헥터는 나쁜 사람은 아니지만 인내심이 없어요. 하긴

---

2 노르웨이 작가. 대표작 『나의 투쟁』은 여섯 권으로 된 소설.
3 개 래시가 주인공인 1954년 텔레비전 시리즈. 이후 영화화됨.
4 제1차 세계 대전 중 독일군 참호에서 구출된 후 많은 할리우드 영화에 출연한 저먼 셰퍼드.

그가 말하지 않아도 난 사정을 알아요. 그가 일자리를 잃을 수 있다는 것을.

내 상황에 가장 공감하는 친구는, 뉴욕에서 집주인이 세입자를 퇴거시키기까지 시간이 오래 걸릴 수 있다고 위로해 줘요. 하룻밤 사이에 거리로 내쫓기진 않을 거예요, 라고 그가 말하네요.

여기까지 읽으면 초조하게 걱정하는 이들도 있겠지요. 개한테 나쁜 일이 벌어지려나?

구글 검색을 하면 그레이트데인은 개들의 아폴로[5]로 알려졌다고 나와요. 그래서 당신이 이름을 아폴로라고 지었는지, 아니면 순전히 우연인지 모르겠네요. 하지만 어느 시점에서, 아마 나와 같은 경로로 당신도 이 사실을 알았겠죠. 시간이 지나면서 난 아폴로가 개나 반려동물의 이름으로 아주 드물지 않다는 걸 알게 되고요.

다른 사실. 그레이트데인의 기원은 알려지지 않았어요. 가장 유사한 종은 마스티프로 간주되지요. 덴마크와 아무 상관도 없고요.[6] **그레이트데인은** 뷔퐁이라는 18세기 프랑스 자연주의자가 잘못 만든 조어였어요. 영어권에서는

5　그리스 신화의 태양신, 남성미의 신.
6　영어 〈데인dane〉은 덴마크 사람을 뜻한다.

그 이름으로 굳은 반면, 이 견종과 가장 밀접한 나라인 독일에서는 〈도이체 도게〉나 〈저먼 마스티프〉로 불려요.

오토 폰 비스마르크[7]는 이 도게를 아꼈고, 〈붉은 남작〉 폰 리흐토펜[8]은 2인승 비행기에 자기 개를 태우곤 했지요. 하지만 체중 90킬로그램, 뒷발로 선 키가 2미터를 훌쩍 넘는 체구에도 그레이트데인은 사납거나 공격적이지 않고, 순하고 차분하고 마음이 약하다고 알려졌지요. [더 친근한 별명은 젠틀 자이언트gentle giant(신사적인 거인)죠.]

모든 개들의 아폴로 신. 모든 신들 중 최고인 그리스 신 아폴로.

마음에 드는 이름이에요. 하지만 이름이 싫어도 바꾸지 않을 거예요. 내가 이름을 부르고 아폴로가 반응할 때 — **만약** 반응한다면 — 이름 자체보다 내 목소리와 억양에 반응하는 걸 거예요.

이따금 나도 모르게 불쑥 아폴로의 〈진짜〉 이름이 뭔지 궁금해요. 사실 태어나서 지금까지 서너 개의 이름이 있었겠죠. 하긴 개의 이름에 뭐가 있겠어요? 사람이 반려동물에게 이름을 지어 주어도 동물에게는 아무 의미도 없을 텐데요. 하지만 우리에게는 그 부분이 비겠지요. 누

---

7 19세기에 독일 통일을 위해 노력한 철혈 재상.
8 남작 가문 출신으로, 제1차 세계 대전의 영웅. 붉은 전투기를 몰고 연합군기 80대 이상을 격추시키면서 〈붉은 남작〉으로 불림.

군가 입양한 유기묘를 두고 이렇게 말해요. 이 아이는 다른 이름이 없고, 그냥 〈키티〉[9]라고 불러요. 그렇다고 해도 그게 이름이죠.

T. S. 엘리엇[10]이 이 문제를 언급하기 이전, 새뮤얼 버틀러[11]의 〈상상력의 가장 혹독한 시험대는 고양이 이름을 짓는 일〉이라는 말이 맘에 쏙 들어요.

또 당신도 웃음을 유발하는 아이디어를 냈죠. 모든 고양이의 이름을 〈패스워드〉라고 지으면 더 쉽지 않을까?

이상하게 반려동물에게 이름을 주는 데 반대하는 사람들을 알아요. **반려동물**이라는 개념 자체가 못마땅한 이들과 동류지요. **소유자**라는 말도 싫어하죠. **주인**이란 표현에는 격노하고요. 이들이 질색하는 것은 지배라는 개념이에요. 인류가 아담 이후 신에게 받았다고 주장하는 동물에 대한 지배권이 이들의 눈에는 노예화와 매일반이거든요.

내가 개보다 고양이를 선호한다고 말했을 때 고양이를 더 좋아한다는 뜻은 아니었어요. 고양이나 개나 똑같이 좋아요. 하지만 개의 충성심이 불편한 것 외에, 나도 다른 사람들처럼 동물을 지배한다는 개념에 주저하게 돼요. 또 개 주인을 노예 주인으로 여기는 게 어처구니없지

---

9 *Kitty*. 새끼 고양이를 부르는 호칭.
10 영국 시인.
11 영국 시인, 풍자 작가.

만, 다른 가축처럼 사람이 개를 지배하고 이용하고 조련한다는 사실을 그냥 넘길 수 없어요.

그런데 고양이는 달라요.

누구나 알 듯 하느님이 흙으로 동물들을 빚어 주자, 아담이 처음 한 일은 — 그가 동물을 지배한 최초의 표시는 — 이름 짓기였어요. 아담이 이름을 불러 준 후에야 동물들이 존재했다고 말하는 이도 있어요.

어슐러 K. 르귄[12]의 작품에 어떤 여자의 사연이 나와요. 이름은 없지만 누가 봐도 아담의 배우자 이브인 그녀는 아담이 한 일을 무효화하는 데 착수해, 모든 동물에게 받은 이름을 버리라고 설득하죠. (고양이는 애초에 이름을 받지 않았다고 주장해요.) 모든 동물이 이름 없는 존재가 되자 그녀는 변화를 느낄 수 있어요. 동물들과 자신 사이에 존재했던 벽이 무너지고 거리가 가까워지고, 다 같이 하나 되고 동등해진 새로운 느낌. 그들을 갈라놓는 이름이 없어지자 더 이상 사냥꾼과 사냥감, 포식자와 먹잇감의 구분이 없어져요. 필연적인 다음 단계는 이브가 아담과 하느님이 준 이름을 돌려주고 그를 떠나는 거죠. 그리고 무명을 받아들임으로써 지배의 굴레를 벗어난 존재들과 함께하죠. 하지만 동물들과 달리 이브는 이 일로 인해 포기해야 될 게 더 있어요. 바로 아담과 공유했던

12 미국 소설가.

64

언어죠. 그때 이브는 말해요. 애초에 이 일을 벌인 이유 중에는 〈대화로 아무것도 얻지 못했다〉는 것도 있다고.

아폴로가 어릴 때 복종 훈련을 받은 개라고 수의사가 장담했다면서요. 3번 부인한테 들었어요. 행동으로 판단 컨대 사람들, 다른 개들 모두와 어울리게 교육받았다고 요. 심각한 학대의 징후는 없었죠. 그런데 귀 말이에요. 시술한 칼잡이가 비뚤비뚤 잘랐을 뿐 아니라 너무 많이 잘라 냈어요. 커다란 두상에 달린 뾰족한 작은 귀는 품격 을 떨어뜨리고, 본성보다 심술궂게 보이게 해요. 동물 쇼 에 나가려고 했어도 다른 이유들과 함께 귀 때문에 출연 자격을 못 얻었을걸요.

개가 깔끔하고 영양이 좋은 상태로 목줄이나 이름표 도 없이 공원에 있게 된 연유를 누가 알까요? 아주 특이 한 일이 벌어진 게 아니라면 주인한테서 도망칠 개가 아 닌데요, 라고 수의사가 말했지요. 하지만 주인이 나타나 지 않았을 뿐 아니라 개를 본 적이 있다는 사람조차 없었 어요. 개가 먼 곳에서 왔다는 이야기겠지요. 누가 훔쳤 나? 그럴지도 모르죠. 개의 존재에 관련된 기록을 찾지 못했지만 수의사는 별로 놀라지 않았죠. 견주들이 성가 셔서 허가를 신청하지 않거나, 순종의 경우 AKC[13]에 등 록되지 않은 개도 많으니까요.

13 미국 애견가 협회. 견종 안내나 혈통 등록 안내 등을 하는 단체.

주인이 실직한 이후 사료와 동물 병원비를 감당할 수가 없었을 거예요. 개가 어릴 때부터 키웠는데 결국 혼자 살아가게 내다 버리다니 어이없죠. 그런데 짐작보다 자주 있는 일입니다, 라고 수의사는 말했어요. 혹은 누가 개를 훔쳐 갔는데, 나중에 개가 발견된 사실을 알자 주인은 생각했을 겁니다. 개 없이 사는 게 더 편하니까 이제 다른 사람이 키우게 해야겠네! 이런 상황 역시 수의사는 본 적이 있지요. (내가 경험했습니다. 몇 년 전 누이와 제부가 시골에 별장을 샀습니다. 집을 판 사람들은 플로리다로 이주할 예정이었는데 늙은 개를 키웠지요. 그들은 개를 소개하면서 강아지 때부터 가족이었다고 말했어요. 동생 부부가 이사를 갔더니 그 개가 맞아 주었죠. 텅 빈 집에 혼자 남겨져서.)

어쩌면 아폴로의 주인이 죽자 개를 물려받은 사람이 버렸을 거예요.

아폴로의 태생이 밝혀지지 않을 공산이 커요. 하지만 당신은 이렇게 말했죠. 고개를 들어 여름 하늘을 배경으로 당당하게 선 개를 본 순간이, 그 순간이 너무도 황홀하고 신비해서, 개가 마법에 걸려 거기 있다고 믿을 뻔했다고. 안데르센 동화에 나오는 큰 개처럼 마녀가 마법을 부려 만든 개 같았다고.

part 3

아는 것보다 **보이는** 것에 대해 쓰라고 당신은 가르쳤어요. 거의 모른다고 가정하고, 보는 법을 배우기 전에는 아는 게 없다고 가정하십시요. 수첩을 갖고 다니면서, 예를 들어 거리에 나갔을 때 보이는 것들을 기록해요.

난 수첩이나 일기장에 기록하는 걸 오래전에 그만뒀어요. 요즘 거리에 나가면 주로 노숙자들이나 너무 궁핍해 보여 노숙자일 걸로 짐작되는 사람들이 보여요. 그런데 그런 사람이 휴대폰을 소지한 경우도 드물지 않아요. 또 내 착각이 아니라면 반려동물을 데리고 있는 사람들이 점점 늘고요.

브로드웨이에서, 애스터 플레이스[1]에서 개 혼자 있고, 주위에 물건들이 널려 있는 광경을 봐요. 큰 백팩, 문고판 소설 몇 권, 보온병, 침구, **알람 시계**, 스티로폼 음식 용기. 곁에 사람이 없다는 게 견딜 수 없이 짠하게 만들죠.

1 뉴욕 소호, 빌리지 지구의 짧은 두 블록.

오줌을 지린 취객이 널브러져 있어요. 티셔츠에 〈나는 내 운명의 건축가〉라고 적혀 있어요. 부근에 거지가 손 팻말을 들고 있죠. 〈나도 한때는 괜찮은 사람이었습니다.〉

서점에서 한 남자가 여기저기 진열대를 돌면서 이 책 저 책 뒤적일 뿐, 어떤 책을 자세히 보지 않아요. 난 그가 이런 식으로 살피면서 어떤 책을 선택해 구입할지 궁금해서 한참 따라다니죠. 하지만 그는 빈손으로 서점을 나서네요.

여기 내가 보지 못했지만, 몇 분만 일찍 길모퉁이를 돌았다면 봤을 일이 있어요. 사무실 빌딩의 창에서 뛰어내리는 사람. 내가 거기 도착했을 무렵 시신에 천이 덮여 있었어요. 나중에 안 것은 50대 후반 여성이었다는 사실이 전부였어요. 화창한 가을날 정오 직전에 사람들이 북적대는 지역에서. 그녀는 어떻게 다른 사람과 부딪치지 않으리라 판단했을까? 그게 궁금해요. 아니면 그냥 뛰어내렸고…… 다치지 않은 우리가 그저…… 운이 좋았을까.

필로소피 홀[2]의 낙서: 검토된 삶도 가치 없기는 마찬가지.

---

2 뉴욕에 있는 콜롬비아 대학교의 건물. 영문과, 철학과, 불문과가 있다.

어퍼이스트 사이드에 있는 개인 클럽에서 열리는 문학상 축하 행사. 난 5번가 지하철역에서 내려요. 클럽까지 여섯 블록. 나랑 같이 내린 승객 두 명이 보여요. 60대인 듯한 여성과 서른 살 언저리인 남성. 주변에 갈 만한 곳이 백만 군데는 되지만, 그들도 내가 가는 곳에 가는 길이란 생각이 머리를 스쳐요. 결국 예감이 맞네요. 그들의 어떤 점이 그런 짐작을 끌어냈을까? 꼭 집어 말할 순 없어요. 문학계 인사들은 척 보면 알겠는 게 나로선 수수께끼예요. 저번에 첼시에 있는 레스토랑에서 부스석에 앉은 세 남자 앞을 지날 때도 알아봤어요. 곧 이런 말이 들렸죠, 그게 『뉴요커』에 게재하는 장점이라니까.

출간 전 검토할 소설과 편집자의 편지를 받아요. 이 데뷔작을 읽고 저처럼 언뜻 보기에 심오하다고 느끼시면 좋겠네요.

강의 노트.

모든 작가는 괴물이다. 앙리 드 몽테를랑[3]

작가는 늘 누군가 팔아넘긴다. (글쓰기는) 공격적이고 심지어 적대적인 행위…… 은밀한 괴롭힘의 전술. 조앤 디디온[4]

모든 저널리스트는 (……) 자신이 하는 일이 윤리적으로 변

3 프랑스 소설가, 극작가.
4 미국 소설가.

명의 여지가 없다는 것을 (······) 안다. 재닛 맬컴[5]

밥값을 하는 작가라면, 글을 배우느라 시달린 이들에게 한 줌의 문학도 상당한 보상이라는 것을 안다. 레베카 웨스트[6]

문학의 악덕에는 치료제가 없는 것 같다. 감염된 이들은 거기서 더 이상 쾌락을 얻지 못한다는 사실에도 불구하고 버릇을 고치지 않는다. W. G. 제발트[7]

그는 서점에 있는 자기 책들을 볼 때마다 책임을 모면하고 넘어갔다고 느꼈다, 라고 존 업다이크는 말했죠.

그는 좋은 사람은 작가가 되지 않을 것이라는 견해도 피력했어요.

자기 의심이라는 문제.

수치심이라는 문제.

자기혐오라는 문제.

당신은 이렇게 표현한 적이 있어요. 집필 중인 글에 넌더리가 나서 그만두기로 결정했는데 나중에 나도 모르게 거부할 수 없게 끌려들 때마다 이렇게 생각하지. **침 뱉은 우물물을 다시 먹는 꼴일세.**

어떤 동료는 말해요. 뭘 가르치느냐는 질문을 받고 〈글쓰기〉라고 대답할 때마다 왜 겸연쩍을까.

---

5 미국 작가, 저널리스트.
6 영국 소설가, 비평가.
7 독일 작가.

면담 시간. 학생이 자기 삶의 어떤 사실을 언급하면서 하지만 선생님도 이미 아시지요, 라고 물어요. 난 아니, 몰랐는데, 라고 대답하죠. 그는 짜증스러운 표정을 짓죠. 그게 무슨 말씀이세요? 제 이야기를 읽지 않으셨어요? 나는 의례 소설이 자전적이라고 짐작하지 않는다고 설명해요. 왜 내가 소설을 그의 사연이라고 알았을 거라고 생각했는지 물어봐요. 그러자 학생은 당황한 표정을 지으면서 대꾸하죠. 내 이야기가 아니면 누구 이야기를 쓰겠어요?

회고록을 집필 중인 친구는 말해요. 일종의 카타르시스 삼아 글을 쓴다는 개념이 싫어. 그러면 좋은 책을 만들지 못할 것 같아서.

글쓰기로 슬픔이 달래질 거라고 기대하면 안 된다, 라고 나탈리아 긴츠부르그[8]는 경고해요.
이자크 디네센[9]에게 눈을 돌려 보자면, 소설에 슬픔을 가미하거나 이야기하면 어떤 슬픔도 견딜 수 있다고 믿었죠.

나는 심리 분석가들이 환자들에게 하는 일을 나 자신에게

8 이탈리아의 작가.
9 덴마크 작가. 대표작 『아웃 오브 아프리카』.

했던 것 같다. 아주 오래 느낀, 깊게 느낀 감정을 표현했다. 감정을 표현할 때는 그것을 설명하고 나서 그냥 내려놓았다. 울프는 어머니에 대해 쓰는 것과 관련해서 말해요. 13세 (어머니가 세상을 떠났을 때 울프의 나이)부터 어머니에 대한 강박증에 시달렸고 24세 때 마지못해 성급히 『등대로』를 썼어요. 이후 강박증이 그쳤어요. **이제 그녀의 목소리가 들리지 않는다. 그녀가 보이지 않는다.**

질문: 카타르시스의 효과는 저작물의 **수준**에 좌우될까? 어떤 사람이 글을 써서 카타르시스를 얻는다면, 좋은 책인지 아닌지가 중요할까?

한 친구도 어머니에 대해 쓰고 있어요.

작가들은 밀로시[10]를 즐겨 인용하죠. **어느 집안에 작가가 태어나면 그 집안은 끝난 거다.**

내가 소설에서 어머니를 다루자 어머니는 날 용서하지 않았어요.

오히려 토니 모리슨은 실제 인물에 기초한 등장인물을 저작권 침해로 칭했어요. 그녀는 말하죠. 사람은 자기 인생을 소유한다. 타인이 그것을 소설에 이용하면 안 된다.

내가 읽는 책에서 저자는 말을 내세우는 사람들과 주먹을 내세우는 사람들을 구분해서 말해요. 마치 말은 주먹이 되지 못하는 것처럼. 말이 주먹이 되는 경우가 빈번

10 폴란드계 미국 시인, 평론가. 저서 『카타르시스』가 있다.

한데도 말이죠.

크리스타 볼프[11]의 작품은, 누군가에 대해 쓰는 것은 그 사람을 죽이는 길이라는 두려움을 주제로 삼아요. 누군가의 삶을 소설로 변환하는 것은 장본인을 소금 기둥으로 만드는 것과 비슷해요. 자전 소설에서 볼프는, 반복되는 어릴 때 꿈을 묘사해요. 꿈속에서 부모에 대한 글을 써서 그들을 죽이죠. 작가라는 수치심이 평생 그녀를 따라다녔지요.

울프가 자신을 위해 했던 일을 현실에서 환자를 위해 하는 정신 분석가가 몇 명이나 될까요. 많지 않을 것 같네요.

당신은 말했어요. 프로이트 이론의 가면을 마음껏 벗길 순 있습니다. 하지만 어느 누구도 그가 훌륭한 저술가가 아니었다는 말은 못 할 겁니다.
프로이트가 실존 인물이긴 했나요, 라고 물은 학생이 있었어요.
라이터스 블록[12]이라는 용어를 제시한 사람은 당연히

---

11 독일 작가. 저서로 독일 분단을 다룬 『나누어진 하늘』, 『카산드라』 등이 있다.
12 *writer's block*. 작가의 슬럼프. 심리적 요인으로 쓰지 못하게 되는 것.

심리 분석가였어요. 에드문트 버글러는 프로이트처럼 오스트리아 유대인이었고, 프로이트 이론의 계승자였어요. 위키피디아를 보면 그는 마조히즘[13]을 모든 노이로제의 근본 원인으로 믿었어요. 인간이 인간에게 비인간적인 것보다 나쁜 것은 딱 하나, 인간이 자신에게 비인간적인 것이라고 믿었지요.

(하지만 여성 작가는 두 가지를 안고 있다, 라고 에드나 오브라이언[14]은 말했어요. 여성의 마조히즘 **그리고** 예술가의 마조히즘.)

인신매매 피해자 치료 센터에서 글쓰기 워크숍을 지도해 달라고 초빙받았어요. 요청한 사람은 아는, 아니 알던 사람이죠. 대학 시절 친구였어요. 학창 시절 그녀의 꿈도 작가였어요. 그런데 심리학자가 되었죠. 10년간 치료 센터에서 일했고, 센터는 맨해튼에서 버스로 금방인 대형 정신 병원과 연계되어 있었어요. 그녀가 담당한 여성들은 미술 치료에 좋은 반응을 보였어요(나중에 그림 몇 장을 봤는데 상당히 충격적이었어요). 친구는 글쓰기가 훨씬 도움이 되리라 예상했어요. 전쟁 PTSD(심적 외상 후 스트레스 장애) 같은 트라우마 피해자들에게 글쓰기가 큰 효과가 있는 것 같았거든요.

---

13 피학대 성욕 도착증. 학대받는 데서 성적 쾌감을 얻는 병리 증세.
14 아일랜드 여성 소설가.

나는 그 일을 맡고 싶었어요. 공동체 봉사로, 옛 친구에 대한 호의로, 작가로서.

몇 달 전 여름 작가 회의에서 워크숍을 주최하면서 만난 기괴한 피어싱과 문신을 한 젊은 여성이 기억났어요. 소설 워크숍이었지만 그녀는 회고록에 — 자전 소설이랄까, 셀프 픽션 혹은 리얼리티 픽션이랄까 — 가까운 글을 썼어요. 라레트라는 성 인신매매를 당한 소녀의 일인칭 시점 이야기였지요.

그녀의 글은 크게 세 가지 이유에서 좋았어요. 감상적인 면이 적고, 자기 연민이 적고, 유머 감각이 있었죠. (마지막 항목이 이상해 보이면, 좋은 책은 아무리 어두운 주제를 다루더라도 코믹한 구석이 있다는 점을 상기하길. 밀란 쿤데라가 말하길, 누군가 신뢰할 수 있다고 느끼는 것은 그가 유머 감각을 가졌기 때문이죠.) 그런 인생 이야기들 중 한 편은 신념의 남발을 피하기 위해 **수위를 조절**해야 했어요. (작가들에게 얼마나 흔한 현상인지 알면 독자들이 놀랄걸요.) 그녀는 자활 가정에 입주해 2년간 살면서 마약 중독, 수치심, 포주에게 돌아가고 싶은 유혹과 싸웠어요. 포주의 이름 문신이 몸 세 군데에 있었지요. 나중에 커뮤니티 칼리지[15]에 등록했고 처음으로 글쓰기 강좌를 수강했어요.

내가 만난 많은 사람들처럼 그녀는 글쓰기가 삶을 구

15 지역 사회에 필요한 과정을 제공하는 전문대.

원했다고 믿어요.

자구책으로의 글쓰기에 대해 당신은 늘 회의적이었죠. 플래너리 오코너[16]를 인용하곤 했죠. 재능 있는 이들만 대중적으로 소비될 글을 써야 한다.

하지만 자기 글을 개인 차원에 머무르게 할 사람을 만나기는 하늘의 별 따기죠. 자기 글이 대중 소비뿐 아니라 명성을 가져오리라 기대하는 사람은 지천이고.

당신은 사람들의 전제가 잘못됐다고 생각했어요. 그들이 추구하는 것을 — 자기표현, 공동체, 유대 — 다른 데서 찾는 게 더 쉽다고 봤지요. 합창 모임, 댄스 모임. 퀼트 모임.[17] 과거에 사람들이 그런 곳에서 변했을 텐데, 라고 당신은 말했어요. 글쓰기는 너무 힘든 일이라고! 작가가 되고 싶다면 현수막에 **고독**이라는 한 단어를 새겨야 된다는 헨리 제임스[18]의 말도 일리 있지요. 필립 로스[19]는 글쓰기를 좌절과 굴욕이라고 일갈했죠. 그는 글쓰기를 야구에 비유했어요. **시간의 3분의 2는 망친다.**

그게 현실이지요, 라고 당신은 말했어요. 하지만 쓰지 않고 못 배기는 우리 시대에 그 현실은 자취를 감추었어요. 이제 누구나 화장실에 가듯 누구나 글을 쓰고, **재능** 운운하면 반발심에 욱하는 사람들이 많아요. 자가 출판

16 미국 소설가, 수필가.
17 조각보를 바느질하면서 사교하는 모임.
18 미국과 영국, 양국의 문학을 대표하는 소설가.
19 미국 현대 문학의 거장으로 꼽히는 소설가.

의 부흥이 재난이었지요, 라고 당신은 말했어요. 그것은 문학의 죽음이었죠. 문화의 죽음을 뜻했고요. 그리고 개리슨 케일러[20]가 옳았습니다, 라고 당신은 말했어요. 누구나 작가일 때는 아무도 작가가 아니다. (사실 우리 학생들의 경각심을 일깨우려고 딱 이런 문구를 알려 주었어요. 이런 구절은 듣기에 **솔깃**해도 따져 보면 시시하거든요.)

새로운 말 같았지만 사실 그게 아니었죠.

글을 써서 출판하는 게 점점 특별한 일이 아니게 되고 있다. 나라고 못 할까, 라고 다들 묻는다.

프랑스 비평가 생뵈브가 쓴 문장이에요.

1839년에.

당신은 VOT(인신매매 피해자) 센터 강의를 만류하지는 않았어요. 몹시 절망스러운 일이 될 수도 있겠지만 흥미롭지 않은 것은 아닐 거라고 짐작되는군, 이라고 당신은 말했지요.

사실 당신은 그 일을 소재로 글을 쓰라고 조언했어요.

센터는 피해 여성들에게 일기를 쓰라고 격려했어요. 아니, 심리학자 친구의 표현으로는 일기를 간직하라고 격려했죠. 일기는 사적인 부분이니까, 라고 그녀는 말했지요. 피해 여성 몇 명이 자기 글을 남이 읽을까 봐 겁내자 친구는 그런 일은 없을 거라고 다독여야 했어요. 어느

20 미국의 풍자 작가.

누구도 읽지 않을 테니, 뭐든 쓰고 싶은 걸 자유롭게 써도 된다고. 그녀조차 읽지 않을 거라고.

그녀는 영어가 외국어인 사람들은 모국어로 쓰도록 제안했어요.

일부 여성들은 일기장에 쓰지 않을 때는 일기장을 숨기는 조심성을 발휘했어요. 어디 가나 일기장을 갖고 다니는 사람들도 있었죠. 하지만 몇 사람은 글을 쓰자마자 얼른 없애겠다고 고집했지요. 그래도 괜찮다고 그녀는 대답했고요.

여성들은 매일 최소 15분간 글을 쓰도록 요구받았어요. 재빨리, 너무 오래 궁리하거나 딴생각이 나지 않도록 쉬지 말고 써 내려가라고. 그들은 센터가 제공한 공책에 손 글씨로 썼어요. (손 글씨가 집중에 더 효과적이고, 빈 스크린보다는 줄 쳐진 종이에 개인사와 비밀을 더 쉽게 풀어낸다는 연구들을 친구는 믿거든요.)

물론 일기 쓰기를 거부한 여성들도 있었어요.

친구는 말했어요. 그들은 내게 끔찍한 경험을 되살리라는 거냐며 분개하지. 이들이 어떤 일을 겪으며 살았는지 이해해야 해. 대부분 인신매매로 학대가 시작된 게 아니야. (난 출생부터 폭력을 경험했던 게 확실하다.) 일부는 가족에 의해 의도적으로 — 철두철미하게 팔려 간 경우도 있지 — 처참한 길에 던져졌어. 그러니 이제 학대당하지 않는다고 해서 상처가 아무는 게 아니야. 난 늘 어느 시점에서 어떤 일이 생기길 가장 바라는지 묻지. 내게 가장 좋은 일은 죽는 거라고 생각해요, 라는 대답을 얼마나 많이 듣는다고.

하지만 행복하게 일기를 쓰는 집단이 있었고, 이들은 자주 15분을 훌쩍 넘겨 글을 썼어요. 친구는 이 여성들에게 워크숍에 참가할 기회를 주고 싶었어요. 글을 쓸 수 있을 뿐 아니라, 서로 또 강사와 글을 공유할 수 있는 안전한 자리를 마련하고 싶었죠. 원어민이 아닌 신청자들도 있지만 상당 수준의 영어 구사력을 기대해도 좋아, 라고 말하더군요. 하지만 원어민들도 작문 능력을 걱정했고 특히 철자법과 문법을 불안해했죠. 친구는 이들에게 일기장에 쓸 때처럼 철자법과 문법에 개의치 말고 써야 된다고 말했고요.

그러니까 네가 그런 실수는 눈감아 줄 필요가 있어, 라고 친구가 말했어요. 너로서는 쉽지 않겠지만 이 여성들은 자존감에 큰 타격을 입었으니 우리가 악화시키면 곤란하지.

나는 에이드리언 리치[21]의 시를 떠올렸어요. 시에 뉴욕 시립대의 공개 입학 프로그램에서 어느 학생이 쓴 구절이 들어가죠. **사람들은 궁핍에 극도로 고통받는다** (……) **고통의 일부는:**

친구가 내게 여성들이 그린 그림 몇 장을 보여 주었어

21 시인, 페미니즘 사상가.

요. 머리 없는 몸, 불타는 집, 사나운 동물의 입을 가진 남자, 성기나 심장을 찔린 벌거벗은 아이.

그녀는 일부 여성들의 증언 녹음을 들려주었고, 이후 그림들이 더 생생해졌어요.

난 계속 그들을 여성들로 지칭하지, 라고 그녀가 말했어요. 하지만 아직 소녀인 경우도 많이 봐. 또 이 아이들이 가장 비극적인 경우이기도 해. 지난달 열네 살 소녀를 구출했는데, 지하실의 아이 침대에 쇠사슬로 묶여 있었어. 성적 학대에 감금이 더해지는 경우가 가장 피해가 심각하지. 지금 이 소녀는 말을 못 해. 발성 기관은 이상이 없는데 — 아무튼 의사들은 원인을 못 찾고 있어 — 아이는 계속 입을 다물고 있지. 종종 이런 부류의 심신 장애 증상을 보게 돼. 무언증, 시각 장애, 마비.

친구는 내게 「천상의 릴리아」라는 스웨덴 영화를 보라고 권했어요. 사실 오래전 처음 개봉했을 때 이미 본 영화죠. 당시에는 실화를 바탕으로 만든 영화인 줄 몰랐죠. 영화에 대해 아는 게 별로 없었어요. 감독의 전작을 좋아했는데 신작을 가까운 극장에서 상영해서 어느 날 충동적으로 보기로 결정했죠. 「천상의 릴리아」가 어떤 영화인지 알았다면 보러 가지 않았을 공산이 커요. 결국 지울 수 없는 경험이 되고 말았죠. 10년 넘게 지났는데도 영화를 다시 볼 필요가 없을 정도로.

릴리아는 16세 소녀로 구소련 어느 지역의 황량한 공

동 주택 단지에서 어머니와 살아요. 릴리아는 어머니와 그녀의 애인과 함께 미국으로 이민 간다고 믿지만, 때가 되자 그 둘만 떠나고 혼자 남겨져요. 그러자 못된 이모가 릴리아가 살던 아파트를 차지하고, 조카를 누추한 굴 같은 집으로 이사시키죠. 버림받고 무일푼인 릴리아는 매춘으로 빠져들어요.

소녀는 주변 사람들에게 잔인함과 배신을 예상해야 되는 걸 배웠죠. 그런데 몇 살 아래 친구인 볼로디아는 예외예요. 주정뱅이 아버지에게 심한 학대를 당하는 소년이지요. 볼로디아는 릴리아를 사랑하고, 그녀는 소년이 아버지에게 쫓겨나자 친구가 되어 주고 보호해요. 두 부랑아는 드문드문 행복한 순간을 나누죠. 하지만 대부분 릴리아의 삶은 우울해요.

희망은 목소리가 부드럽고 잘생긴 안드레이라는 스웨덴 청년의 형상으로 찾아와요. 릴리아는 첫눈에 반하고, 안드레이는 자신이 도우면 스웨덴에 가서 새 삶을 시작할 수 있다고 말해요. 릴리아는 기회를 잡죠. 하지만 그 결과 볼로디아는 세상에 유일한 친구가 떠나자 자살하죠.

볼로디아는 천사의 형태로 영화에 계속 등장해요.

릴리아가 스웨덴에 혼자 도착해(안드레이는 나중에 합류하겠다고 약속하죠), 보살펴 줄 거라는 사내를 공항에서 만나요. 그는 릴리아를 차에 태워 새집으로, 거리에

우뚝 솟은 고층 아파트로 데려가서 가둬요. 라푼젤이 된 거죠, 라푼젤. 이제 하루가 멀다 하고 그녀는 고객들에게 — 연령대도 스타일도 다양하죠 — 보내지죠. 확연히 어린 나이도, 의지와 다르게 움직인다는 확연한 사실도 그들의 욕정을 막지 못해요. 반대로 모두 릴리아가 성 노예를 하려고 이 세상에 온 사람처럼 취급하죠.

릴리아는 도망치려고 시도하다가 잡혀서 심하게 구타 당해요. 두 번째 시도에서 고속도로 다리에 서게 되죠. 근처에 도와줄 여경관이 있는데도 릴리아는 겁에 질려 다리 아래로 뛰어내리죠.

뛰어내린 후, 영화 주인공인 실존 인물의 시신에서 직접 쓴 편지 몇 통이 발견되었어요. 그걸 통해 릴리아의 사연이 알려지게 되었고요.

주중 오후에 동네 작은 아트 하우스에서 혼자 영화를 봤어요. 영화관에 관객이 몇 안 됐어요. 영화가 끝난 후 마음을 추스르려고 한참 지나서야 극장을 나선 기억이 나요. 치욕감을 느꼈어요. 몇 줄 앞에 혼자 영화를 보던 여성이 흐느끼더군요. 마침내 내가 극장을 나설 때도 그녀는 여전히 앉아 훌쩍거렸어요. 그녀의 몫까지 치욕감이 치밀었죠.

친구 말로는 「천상의 릴리아」가 인도주의와 인권 운동가 그룹, 학교, 유난히 소녀들이 인신매매에 취약한 지역에서 자주 상영된다고 해요.

영화 관람을 제안했을 때 몰도바[22] 매춘 여성 집단의 반응이 가장 **살벌**했지요.

내가 훨씬 충격을 받은 것은 감독의 말 때문이었어요. 그는 신이 릴리아를 보살펴 주었다고(볼로디아처럼 그녀는 사망 후 스크린에 천사로 등장해요) 믿었고, 이 믿음이 없었다면 영화를 만들지 못했을 거라고 말했어요. 나는 자살했을 거라고 생각합니다, 라고 감독은 말했지요.

그런 믿음이 없는 사람들은, 신이 세상의 릴리아들을 보살핀다는 믿음이 눈곱만치도 없는 이들은 자살해야 된다는 뜻일까요?

내 친구는 말했어요. 릴리아처럼 빈민가에 발목 잡힌 불평등과 착취의 피해자들은 어쩐지 학대를 이해하는 것 같아. 심지어 용서하는 것 같기도 하고. 하지만 발전된 북구 복지 국가의 특혜를 누리는 자들의 사악한 행위라니. 이건 받아들이기가 더 어렵죠.

전에 잡지에서 사진을 봤어요. 10대 매춘부들이 일하는 오두막 밖에 남자들이 구불구불 길게 줄 선 장면이었

22 구소련에 속했던 국가.

어요. 어느 나라였는지 기억나지 않아요. 그 남자들이 특별할 게 전혀 없었던 것은 분명히 기억나요. 서너 명은 담배를 피우고 있어요. 이 남자는 손목시계를 들여다보고 저 남자는 하늘을 쳐다보고, 또 다른 남자는 신문을 보는 중이에요. 전반적으로 계속 권태감이 흘러요. 버스를 기다리거나 면허 시험장에서 순서를 기다리는 사람들이라고 해도 믿을 거예요.

친구가 다른 케이스를 이야기해 주었어요. 이번에도 의사들은 환자가 여느 사람처럼 말을 못 하게 하는 부상이나 질환을 못 밝혔어. 그녀는 말을 하려고 들지 않았어. 그러다 일기를 써보라는 조언을 듣고 열심히 임했어. 1주 후 공책 몇 권이 꽉꽉 채워졌지. 도무지 읽기 힘든 글씨로 입이 벌어지게 잘잘하게 썼지, 라고 친구는 말했어요. 휘갈겨 쓴 글자들을 보는 것만으로도 머리가 쭈뼛했지. 손이 퉁퉁 붓고 손가락에 물집이 잡히고 피가 났지만, 그녀는 멈추려 하지 않았어. 멈출 수가 없었지.

우린 그녀가 무슨 내용을 썼는지 몰랐어, 보여 주지 않았으니까, 라고 친구가 말했어요. 하지만 대부분 반복이고 횡설수설이래도 난 놀라지 않았을 거야. 우린 다행히 그녀가 광적인 쓰기를 멈추고 다시 말하게 할 약을 줄 수 있었지.

라레트는 자신이 무언증의 시기를 겪었다고 말하죠. 말하려고 시도할 때마다, 보이지 않는 손이 목을 누르듯 목구멍을 아프게 조였다고요.

통증을 느끼면서도 부단히 애썼지만 대부분 마른 끽소리밖에 내지 못했다. 천식을 앓는 쥐 같은 소리를 내면 사람들이 웃곤 했다. 너무 창피해서 시도를 중단했다. 의사소통을 하고 싶으면 글을 쓰거나 일종의 수화나 소리 없이 입술로 말하는 방법을 동원했다. 그래도 계속 목구멍이 아팠다.

치료 중 그녀는 오랫동안 생각해 본 적 없는 사건을 떠올려요. 할머니와 관계된 일이었는데 라레트는 할머니를 최대한 생각하지 않으려 했어요. 라레트가 열 살이었을 때 어머니가 애인의 총탄에 죽었어요. 이 그림에서 아버지는 없었고, 라레트는 할머니의 손에 맡겨졌어요. 그녀는 할머니란 여자를 메스[23] 중독이 점점 심해지는 〈내 최초의 노예 주인〉으로 표현했어요.

그녀는 처음으로 나를 남자들에게 판 장본인이었다. 둘이 부엌 식탁에 앉아 있다가 그녀가 일어나 냉장고에 갔던 기억이 난다. 냉동실 문을 열더니 팝시클[24]을 꺼내서 껍질을 벗기더니 반으로 뚝 잘랐다. 내가 가장 좋아한 체리 맛으로 기억한다. 그녀는 반쪽을 내 입에 쏙 넣어

23 마약의 일종인 메탐페타민.
24 딱딱한 막대 아이스크림.

주었다. 내가 보여 줄게, 아가. 그녀는 나머지 반쪽을 자기 입에 물고 그 짓을 하기 시작했다.

이것은 라레트가 책에 넣을지 고심한 몇 가지 기억들 중 하나였어요. 조작한 이야기로 보일까 걱정했죠. 계속 삭제했다가 다시 집어넣고 다시 삭제했지요.

내가 아는 다른 여성은 작가인데, 때때로 성 노동자로 생활비를 충당해요. 그녀는 모든 매춘 여성을 인신매매 피해자로 보려는 최근 관점에 반대해요. 노예와 자신처럼 자유 의지를 가진 노동자 사이에 확실한 선을 긋고 싶어 하죠. 매춘업소 급습, 성 매수자 힐난, 공공연한 수모에 그녀는 분노해요.

신이여, 운동권 투사들에게서 저희를 구하소서, 라고 말하죠. 매춘 여성 전원이 구제되어야 하거나 구제를 원하는 게 아니라는데 왜 그리 못 믿지? 하긴 여성이 몸으로 뭘 하든 본인 소관이라는 걸 받아들인 시대가 없었지.

이 여성은 프랑스 여배우 아를레티의 이야기를 자주 해요. 1945년, 아를레티는 나치 점령기에 독일군 장교와 연애했다는 이유로 기소됐어요. 변론 중 그녀는 이렇게 진술했어요. 내 심장은 프랑스인지만 엉덩이는 세계인이거든요. (사실 친구는 아를레티의 발언을 다르게, 더 간결하게 표현하길 좋아해요. 내 궁둥이는 프랑스가 아니에요, 라고.)

성 노동자 친구는 여자들이 대부분 너무 순진해서 놀란다고 말해요. 그들은 거의 모든 남자가 매춘부와 섹스했다는 걸 몰라. 그중에 자기 아버지와 형제들, 애인들, 남편도 끼어 있지. 난 라레트에게 똑같은 말을 들은 적이 있어요. 돈 주고 관계한 적 없다는 남자의 주장은 의심스럽다고 말하는 남자들의 말도 들어 봤고요.

최근 텔레비전 다큐멘터리에서 교외 모텔에서 영업한 전직 매춘부가 월요일 아침이 가장 바쁜 시간대라고 설명하더군요. 고객들이 아내와 자녀들과 주말을 보낸 직후가 가장 영업이 잘되는 시간이라고.

친구에게 성 노동자 생활을 즐기는지 물은 적이 있어요. 그렇다는 대답을 들을 거라고 확신했죠. 그런데 친구는 질문을 제대로 못 들은 듯이 날 쳐다봤어요. 돈 때문에 그 일을 하는 거야, 라고 대답하더군요. **즐길 게 뭐가** 있어. 글을 써서 먹고살 수만 있다면 그 일을 하지 않을 거야. 강의보다는 쉬워, 라고 대꾸했어요.

난 워크숍에 참석한 여성들의 글을 이용하지 않겠다고 약속해야 했어요. 하지만 심리학자 친구는 자신과 업무에 대해 써도 좋다고 동의했어요. 관대하게도 당신은, 우연히 점심 식사를 같이 한 편집자에게 그런 계획을 알렸지요. 곧 나는 출판 계약을 하고 원고 마감일을 정했어요.

우리가 대학을 졸업한 후 얼마 안 되어 친구의 소설 몇 편이 게재되었어요. 작품이 실린 잡지들이 규모는 작지만 명망 있는 계간 문학지여서 큰 관심을 받았지요. 한 작품이 수상했고 몇 달 후 친구는 매년 장래가 촉망되는 젊은 작가들에게 주는 훨씬 큰 상의 후보가 되어 수상했어요.

나는 그녀가 글쓰기를 중단한 이유를 알고 싶었어요.

딱히 결정한 건 아니었지, 라고 친구가 말했어요. 그렇게 되어 버렸을 뿐이지. 막 소설을 쓰기 시작했는데 집중이 안 되어서 괴로웠지. 지인이 참선을 해보라고 조언했어. 그렇게 불교에 입문했지. 주의 북부에 있는 도량에서 한 달간 머물면서 참선하는 법을 배웠고 이후 계속 수행하고 있어. 불교에 빠진 작가가 많다는 걸 알아. 하긴 요즘 명상이나 요가 같은 걸 안 하는 사람이 있나? 또 명상이 커리어에 도움이 됐다는 사람들이 있는 것도 알아. 하지만 불교 공부를 시작할 때부터 그게 작가의 꿈과 상충한다는 걸 알았지.

하지만 명확히 하자면 난 글쓰기를 멈추지 않았어. 그럴 필요가 없었지. 우선 일기를 쓰고 — 사실 일기 쓰기를 일종의 참선으로 간주해 — 시를 쓰거든. 매일 일하면서 보는 것들은 몹시 심란한데, 시가 도움이 되는 걸 알게 되었지. 내 일에 대해 쓰는 건 아니야. 내 시는 세상의 아름다움을 다루는 경향이 있어. 주로 자연을 주제로 삼지. 썩 훌륭한 시가 아닌 걸 알기에 남들과 공유하고 싶지 않아. 내게 시 쓰기는 기도 같은 거고, 기도는 타인들과 나눌 일이 아니잖아.

내가 세상에서 완전히 물러나려던 것은 아니야. 승려나 그런 게 될 마음은 없었어. 하지만 작가가 되는 일에 의구심을 품기 시작했던 건 확실해. 문학계에서 자리 잡는 것과 집착을 끊으려는 화두를 조화시킬 길이 보이지 않았어. 불교 도량에서 나온 직후, 예술가 정착촌에 입주했지. 다시 소설로 돌아갈 수 있기를 바랐거든. 입주자의 일부는 나처럼 막 시작한 사람들이었고, 이미 자리 잡은 이들도 있었어. 그들을 보면서 성공하려면 뭐가 — 물론 재능 외에 — 필요할까, 라고 생각했던 기억이 나. 야심을, 크나큰 야심을 가져야 했고, 진짜 좋은 작품을 쓰려면 몰입해야 했어. 남들의 업적을 능가하려는 마음이 있어야 했지. 내가 하는 일이 놀랄 만치 심각하고 중요하다고 믿어야 했어. 그런데 이 모든 것은 가만히 앉아 있으라는 가르침과 충돌하는 걸로 보였어. 놓아 버리라는 가르침과 어긋나는 거지.

또 글쓰기가 경쟁이 되면 안 되는데도 늘 작가들은 경쟁이라고 믿는 게 보였지. 예술가 정착촌에서 지낼 때, 어느 작가가 거액의 선인세를 받아서 『타임스』에 기사가 실렸어. 그날 밤 식사 때 그는 마지막 남은 두 친구마저 잃게 생겼네요, 라고 말했지. 물론 농담이었지만, 난 어떤 작가가 대성공을 거둘 때마다 그를 끌어내리려는 듯

한 무수한 시도들을 봤지.

또 다들 돈을 최우선으로 삼는 것 같았어. 그게 이해되지 않았지. 세상에 돈 때문에 작가가 되는 사람이 어디 있어? 내가 처음 들은 글쓰기 강의에서 선생님은 말했어. 여러분이 작가가 되려거든 맨 먼저 할 일은 빈곤 서약을 하는 겁니다. 강의실에서 누구 하나 눈도 깜빡이지 않았지.

내가 아는 작가는 모두 — 당시 아는 사람은 다 작가였지 — 병적으로 우울한 상태 같았어. 다들 누가 뭘 얻었는지, 누가 버림받았는지, 문학계가 얼마나 끔찍하게 불공평한지 꾸준히 들춰냈지. 몹시 혼란스러웠어. 왜 꼭 이래야 될까? 왜 남자들은 모두 교만하고 왜 성범죄자가 그렇게 많을까? 왜 여자들은 다들 그렇게 화나고 우울할까? 사실 모두 안쓰럽게 느껴졌지.

낭독회에 참석하면 저자 때문에 당황스럽지 않은 때가 없었어. 저 자리에 있고 싶으냐고 자신에게 물었더니, 아이고 됐거든, 이란 솔직한 대답이 나왔지. 또 나만 그런 게 아니었지. 나머지 청중들에게도 그 기류가, 똑같이 불편함이 감지되었지. 이런 생각을 했던 기억이 나. 보들레르가 예술은 매춘이라고 말했을 때 바로 이런 걸 뜻했구나.

한편 난 여전히 소설과 씨름 중이었어. 그러다 어느 날자신에게 말했지. 이 책을 쓰지 않겠다고 말해. 세상에 소설을 내놓으려는 사람은 하늘의 별만큼 많잖아? 사실이미 너무 많은 소설이 발간됐잖아? 솔직히 내 소설이 나오지 않으면 아쉬울 것 같아? 또 미완성이어도 아쉬울 게 없을 일에 인생을, 한 번뿐인 생생하고 소중한 인생을 쏟을 합당한 이유가 있어?

이 무렵 우연히 라디오에서 어느 작가의 말을 들었어. 누구였는지 기억은 안 나지만 내게는 하느님이나 진배없었지. 그가 이렇게 말한 기억이 나. 내년에 아찔할 만큼 많은 종의 단편집과 장편 소설이 출간되리란 걸 알지만, 만약 단 한 권도 안 나온대도 세상에 미치는 영향은 기본적으로 똑같을 겁니다. 물론 사실이 아니지. 경제에는 막대한 영향이 있을 테니까. 하지만 난 그가 무슨 말을 하는지 알았고, 나한테 해주는 말로 느꼈어. 바로 그 순간 나 자신에게 말했지. 네 인생을 바꿔야 해.

후회가 없었던 것은 아니야. 지독한 게으름뱅이나 겁쟁이라서 꿈을 가꾸지 못하고 중도 포기했다는 불쾌한 감정을 자주 느꼈어. 하지만 옳은 결정을 했다는 확증이 필요하면, 썼던 글을 보기만 하면 됐지. 과거에는 극렬한 책벌레였는데 세월이 지나면서 점점 독서에, 특히 소설에 흥미를 잃었어. 아마 매일 보는 현실과 관계있겠지만, 꾸며 낸 문제들이 넘쳐 나는 꾸며 낸 삶을 사는 꾸며 낸 인물들의 사연에 넌더리 나기 시작했지.

한동안은 계속 읽었어. 걸작이나 〈위대한 미국 소설〉[25]

25 The Great American Novel. 미국 문화를 잘 표현한 미국 소설을 부르는 명칭.

91

로 호평받는 소설을 구입해서 끝까지 못 읽기 다반사였어. 혹은 다 읽어도 기억을 못 하지. 대개 책장을 덮자마자 싹 잊었지. 그러다 소설을 완전히 읽지 않는 시점이 왔고, 난 소설이 그립지 않다는 걸 깨달았지.

소설 집필을 중단하지 않았다면 어땠을까? 내가 친구에게 물었어요. 여전히 소설 읽기에 흥미를 잃었을 것 같으냐고.

모르겠어, 라고 그녀가 대답했어요. 다만 지금 이 일을 하면서 느끼는 행복감이 네가 하는 그 일을 하면서 느꼈을 행복감보다 훨씬 크다는 건 알아.

어쩌면 친구가 내가 상처받을까 봐 걱정하지 않고 스스럼없이 말해도 된다고 느낀 것은 호의였어요.

글쓰기 프로그램을 수료한 후…… 글쓰기를 포기하는 학생. 당신과 나는 그런 타입에 익숙했죠. 강좌마다 꼭 한 명씩 있어서 우린 늘 의아했어요. 왜 하필 가능성이 가장 큰 학생이 포기할까? (1번 부인이 딱 그 케이스죠.)

어떤 사물에 대해 쓰세요. 여러분에게 중요하거나 중요했던 것에 대해 쓰세요. 어떤 사물이라도 괜찮아요. 그 사물을 묘사한 후 왜 자신에게 중요한지 쓰세요.

어떤 여성은 담배에 대해 썼어요. 담배를 단짝 친구로

칭했어요. 여덟 살 때 흡연을 시작했어요, 담배가 없었으면 내 인생을 견디고 살아남지 못했을 거예요, 라고 그녀는 말했어요. 그 어떤 일을 하기보다 담배를 피우겠어요. 다른 여성은 호신에 사용한 칼에 대해 썼어요. 무기류에 대해 쓴 사람은 그 외에도 더 있었어요. 하지만 여성들의 절반가량이 인형에 대해 썼죠. 한 개를 뺀 인형 전부가 파국을 맞이했어요. 분실되거나 망가지거나 이런저런 방식으로 없어졌죠. 그런 운명을 피한 유일한 인형은 현재 비밀 장소에 감추어졌어요. 필자는 언젠가 은신처에서 꺼내오길 바랐죠. 그녀가 하려는 이야기는 그게 전부였어요. 내가 그 사물을 묘사해야 된다고 지적하자 그녀는 고개를 저었어요. 그러면 악령을 끌어내게 된다고 말했어요. 인형이 다칠 거라고, 자신이 다시는 인형을 못 보게 될 거라고요.

한 주 한 주 집으로 가는 버스에서 글들을 읽다 보니, 여성들의 사연이 하나의 큰 이야기로 보이기 시작했어요. 같은 이야기가 반복되는 것 같았지요. 누군가 늘 구타당하고, 누군가 늘 고통을 받아요. 누군가 늘 노예 취급을 받아요. 물건 취급을 당해요.

고통 중 일부는:

같은 명사들: 칼, 허리띠, 밧줄, 병, 주먹, 흉터, 멍, 피.

같은 동사들: 치다, 때리다, 매질하다, 지지다, 목 조르

다, 굶다, 비명을 지르다.

동화를 써보세요. 공상 속에서 복수할 수 있는 기회거
든요. 이번에도 천편일률적으로 폭력과 굴욕의 이야기.
늘 똑같은 어휘.

어떤 글도 헛수고는 아닙니다, 라고 당신은 말하곤 했
죠. 제대로 풀리지 않아서 글을 던져 버리더라도 작가로
서 늘 배우는 게 있거든요.

내가 배운 건 이거예요: 시몬 베유[26]가 옳았어요. **상상
속의 악령은 로맨틱하고 다양하다. 현실 속의 악령은 음울하
고 단조롭고 건조하고 지루하다.**

이것이 당신의 생전에 우리가 나눈 마지막 이야기였
어요. 이후 당신은 내 조사에 도움이 될 만한 서적 목록
을 이메일로 보낸 게 다였어요. 연말연시라서 새해 인사
를 곁들였고요.

---

26 프랑스 여성 철학자, 사회 운동가.

part 4

허무맹랑한 소리 같았어요. 인간과 개의 애정을 다룬 회고록이라니.

인간은 J. R. 애컬리(1896~1967), 영국 작가이자 BBC 매거진 『더 리스너』의 문학 편집자.

개는 퀴니, 저먼 셰퍼드. 18개월 때 애컬리가 키우기 시작. 당시 애컬리는 지독히 난잡한 성생활 이력으로 파트너를 찾을 희망을 포기한 중년 독신남이었지요.

책은 『나의 개 튤립』. 애컬리가 동성애자로 소문나서 〈퀴니〉[1]라는 이름을 문제로 파악한 편집자의 제안으로 개 이름을 바꾸었죠.

물론 처음 애컬리란 인물을 소개한 사람은 당신이었어요. 그의 서간집이 막 출간된 무렵이었죠. 읽어 볼 만해요, 그의 저서는 다 그렇지, 라고 당신은 말했어요. 그런데 애컬리의 회고록은 필수적이라고 평했어요.

1 Queenie. 여자 이름이자 〈남성 동성애자〉라는 의미로 통용됨.

적절한 문체만 찾아내면 뭐에 대해서든 쓸 수 있어요. 나는 그 책을 읽으면서 자주 그 말을 상기했어요. 〈개의 질, 방광, 항문으로 들어가고 나오는 것에 대해 알고 싶은 것 이상이 나온다〉라고 경고한 독자 리뷰가 있어요. 사실 『나의 개 튤립』의 대부분은 개의 발정기를 다뤄요. 독자는 이 대목들을 피해 갈 수 없으니 마음의 준비를 하는 게 좋겠지만, 수간 행위는 나오지 않아요. 그래도 관계가 친밀하지 않다고 말하면 거짓말이겠죠. 애컬리도 종종 욕구 불만인 개가 자신에게 계속 들이대는 뜨거운 음부에 동정적인 손길을 주었다고 인정했어요.

책을 다시 읽는 것은 아주 위험한 일이지요. 처음 읽고 맘에 들었던 책이면 더욱 그렇죠. 그 느낌이 유지되지 않을 가능성이 커요. 어떤 이유에서든 처음처럼 흡족하지 않을 공산이 크죠. 늘 그런 일을 겪는데(나이 들면서 점점 더), 이런 상황을 접하면 그 여파가 너무 심해서 좋아하는 책을 다시 펼치기가 조심스러워지죠.

산문 문체는 예전처럼 좋았고 위트도 여전히 날카롭고, 무엇보다 스토리가 기억보다 훨씬 더 매력적이에요. 그런데 달라진 게 있어요. 두 번째 읽으니 저자에게 호감이 가지 않아요. 심지어 싫은 구석이 있어요. 여성들을 향한 적개심, 전에는 그걸 놓쳤을까, 아니면 내가 잊고 있었을까?

여자들은 위험하다, 특히 노동자 계층의 여자들은

(······) 그들은 무슨 일이든 서슴지 않으며 그냥 놓아주지 않는다.

사실 애컬리는 일반적으로 인간에게 애정이 없죠. 그런데 여성 혐오는 유독 확실해요. 여성들은 여성이기 때문에 나쁘다고 보죠.

예외가 있어요. 실력 좋고 인정 많은 수의사 미스 캔비, 그녀는 튤립의 행동 장애의 원인을 심장 이상으로 진단하지요. **그녀가 너한테 반했어, 그게 훤히 보인다고.**

사실은 튤립에게 반한 건 애컬리죠. 그런데 이게 훤히 보일지 모르겠지만, 난 그가 개를 다루는 방식이 어리둥절해요. 튤립의 행동 장애는 심각해요. 지독히 공포스럽고 훈련되지 않은 개. 히스테리일 만큼 신경질적이고 다혈질인 데다 사교성 없는 개. 튤립은 마구 짖어 대고 물어요. 워낙 사납게 행동해서 애컬리의 인간관계에 피해를 입혀요. 그가 개를 훈육할 조치를 취하지 않자 친구들은 한심해하죠. 애컬리는 튤립이 처음 집에서 〈심리적 괴롭힘〉을 받은 탓을 하죠. 그 집에서 개를 너무 오래 혼자 두고 이따금 때렸다고. 하지만 체벌이 개에게 혼란만 준다는 걸 알면서도 애컬리도 자주 호되게 꾸짖고 때렸어요.

좌절, 분노, 폭력(그의 표현). 이 패턴이 멈추지 않는 것 같아요. 튤립이 새끼를 낳자 안 그래도 엉망인 애컬리의 집에 혼란이 가중되고, 그는 종종 강아지들을 때려요.

튤립이 제대로 교육받았다면 더 행복했을 거고, 애컬리의 삶 역시 (이웃들은 말할 것도 없고) 한결 나았을 거라고 결론 내릴 수 있죠. 하지만 통제를 방해하는 인물은 애컬리예요. 그는 튤립이 충만한 개의 삶을 누려야 된다는 고정 관념을 가졌죠. 개는 토끼를 사냥해서 먹어야 되고, 교미와 출산을 경험해야 된다는 뜻이죠. 하지만 튤립이 출산한 후에도 그는 난소를 제거해 줄 수가 없어요. **이렇게 아름다운 동물을 내가 어찌 간섭할 수 있는가?** 양심의 가책을 심하게 느끼면서도 잡종 새끼들의 운명을 아랑곳하지 않아요. 강아지들에게 좋은 가정을 찾아 주지 않을 거면서도. 그저 애지중지하는 개의 욕구만 중요하죠. 개의 발정기는 개와 주인의 삶만 뒤집는 게 아니라 런던 동네를 혼란으로 몰아가죠. 발정기에도 튤립처럼 목줄 없이 나다니는 개들이 엄청나게 많거든요.

페이지마다 괴로운 개의 성적 불만이 넘쳐 나요. 애컬리는 개의 고통을 공감하고 억장이 무너지죠. 계절마다 둘은 함께 고생해요. 그러면서도 튤립의 난소를 제거시키지 않으려 해요. 튤립의 이런 상태에 대한 설명이 너무 고통스러워서 난 소리치고 싶었어요. 어떻게 개의 난소를 제거해 주지 **않을** 수 있지?

당신이 이 책에는 감탄하면서도 이 삶은 질색했던 기억이 나요. 가장 의미 있는 관계의 상대가 〈개〉인 인생이라니. 그보다 서글플 수 있을까, 라고 당신은 말했죠. 하지만 내가 보기에 애컬리는 상호 무조건적인 사랑을 충만하게 경험했고, 그런 사랑은 누구나 갈망하지만 대부분 경험하지 못하죠. (몇 명이나 자신의 튤립을 발견할까? 오든은 물어요.) 15년간의 결혼, 그 시절이 화양연화였다고 애컬리는 말했어요. 개가 병을 앓아 고통받자 그는 안락사시킬 수밖에 없었어요. **순장 삼아 나 스스로 끝내고 싶을 법도 했건만.** 하지만 그는 계속 살았죠. 글을 썼어요. 술을 마셨고요. 지난하고 어두운 6년이 흘렀어요. 그리고 술을 퍼마시다가 죽었죠.

인간과 개. 어미 잃은 새끼 늑대들을 엄마들이 아기와 함께 젖을 물리면서 관계가 시작되었다는 동물 전문가들의 추측이 맞을까요? 이 가설은 로마의 쌍둥이 건국 신화와 맞아떨어지잖아요? 태어나면서 버려진 로물루스와 레무스를 늑대 암컷이 따뜻하게 해주고 젖을 먹였다죠.[2]

여기서 잠깐, 왜 오입쟁이를 늑대라고 부르는지 궁금하네요. 늑대는 충성스럽고 일부일처제를 지키고 헌신적인 부모인데 말이죠.

개가 사람을 인간으로 만든다는 오스트레일리아 원주

---

2 쌍둥이 형 로물루스가 레무스를 죽이고 로마를 탄생시켰다는 신화.

민의 말이 마음에 들어요(누구의 말인지 기억나지 않지만). 내가 완전한 인간 혐오에 빠지지 않는 것은 개들이 사람을 얼마나 사랑하는지 알기 때문이다, 라는 말도요.

애컬리는 일반적으로 냄새에 과민했고 사람의 몸에는 결벽증이 있었지만, 튤립의 어떤 냄새도 꺼리지 않았죠. 심지어 항문샘 냄새도 괜찮았고 똥을 싸는 것도 예쁘게 봤어요.

그는 튤립의 배변 습관보다 성생활에 대해 더 길게 쓰죠. 그래도 분량이 제법 돼요. 또 그 상세함이라니⋯⋯.

그 장의 소제목은 〈액체와 고체〉예요.

늘 아폴로에게 목줄을 채워 산책시키지만, 애컬리처럼 나 역시 개가 ─ 특히 대형견이니 ─ 길에서 용변을 보다가 차에 치일까 걱정해요. 안타깝게도 아폴로는 툭하면 보도 연석에서 아슬아슬하게 떨어진 곳에 주저앉아요. 나도 애컬리처럼 아폴로에게 인도에서 일을 보게 해서 문제를 해결하지만, 애컬리와 달리 늘 용변을 부리나케 치우죠. 아폴로가 보도에서 내려와 불상사가 생길 수 있는 도로에 자리를 잡으면, 난 개와 다가오는 차 사이에서 있어야 해요. 그러면 내가 불상사를 당할 수 있지만, 너무 순진한 생각인지 몰라도 운전자가 개보다는 사람을 더 조심하리라 기대하죠. 맨해튼의 운전자들은 인내심이 없죠. 불편함을 겪고 욕설을 퍼붓는 운전자가 많아요. 하지만 구경하는 보행자들처럼, 속도를 줄이고 쳐다보는 운전자도 많죠.

「플라뇌르가 되는 방법」에서 당신은 개를 데리고 오래 걷는 것은 진정한 산책으로 간주하지 않는다고 말했죠. 목적 없이 거니는 것과 다르고, 개를 보살피느라 묵상에 잠기지 못하니까. 요즘 난 아폴로를 산책시키면서 긴 시간을 보내고, 혼자만의 산책은 상상도 못 해요. 하지만 내가 묵상이나 생각에 잠기지 못하는 이유는 아폴로가 시선을 끌기 때문이에요. 난 언제나 타인의 시선이 거북하지만, 특히 아폴로가 공공장소에서 불편한 기색 없이 똥을 쌀 때는 난처해요. 개가 일을 마치고 내가 용변을 치울 때, 사람들이 지켜보는 때가 최악이에요. 그걸 감독하려는 사람들이 있는 것 같아요. 내가 양동이와 모종삽을 들고 (그 자체가 재미를 주죠. 비닐을 씌운 유아용 모래 양동이와 작은 모종삽을 갖고 다닌다는 게 무척 마음에 들었어요) 거기 있는데도, 사람들은 개똥의 크기에 대해 말해요.

너무 안됐네요, 라고 누군가 (씩 웃으면서) 말해요. 혹은, 난 개를 좋아하긴 해도 댁이 하는 일은 못 할 것 같네요.

그런 개를 키운다고 나를 혼내는 사람들도 있어요. 큰 개가 이 도시에 어울리는지 참!

어떤 여자가 말했어요. 잔인한 짓 같아요. 그만한 개를 아파트에 욱여넣다니.

어머, 우린 하루만 다니러 왔는데요, 라고 내가 톡 쏴 줘요. 내일 비행기를 타고 큰 집으로 가요.

(네, 물론 좋은 사람들도 있죠. 그중에도 다른 견주들, 남의 일에 참견하지 않거나 친절하고 다정하고 지적인 말을 하는 사람들. 하지만 친절은 글로 쓰기에도 읽기에 도 흥미로운 소재가 아니잖아요.)

액체: 개가 소변을 콸콸 쏟는 걸 보면 다른 수컷들처럼 다리를 들지 않아서 얼마나 고마운지. 그랬다면 바퀴 휠 캡이 아니라 차창으로 소변이 흘러내렸을 테니.

고체: 충분히 말했고.

그리고 액체와 고체의 중간 상태가 있어요, 큰 개들의 저주죠. 하루에도 몇 번씩 아폴로의 얼굴을 닦아 줘야 해 요. 이걸 나무 데크 청소라고 부르죠.

개를 다니던 동물 병원에 데려가려면 교통편을 이용 해 브루클린으로 가야 해서, 집에서 걸어갈 거리의 병원 을 찾아가요. 수의사는 아폴로에게 잘해 주지만, 난 그를 경계해요. 여성들을 멍청이 취급하고, 연로한 여성들을 상 멍청이 취급하는 사람이거든요.

내가 아폴로가 다른 개들이랑 놀지 않는다고, 개 공원 에서도 그런다고 말하자 의사는 이렇게 대답해요. 흠, 이 제 개가 그리 어리지 않잖아요. 부인도 예전처럼 달리고 펄쩍펄쩍 뛰지 않으실 텐데요.

수의사는 내력을 다 듣더니 어깨를 으쓱해요. 사람들은 늘 반려동물을 버리죠, 라고 대꾸해요. 개는 주인 때문에 죽지만 주인은 개 때문에 죽지 않거든요. (애컬리의 책을 읽지 않은 게 분명하죠.) 이혼율을 보면 인간의 성실성이 어느 정도인지 알 수 있잖아요? 그 말투에 내 맘이 불안해져요.

예전에 들었는데, 수의사는 직업상 각종 아둔한 인간들을 ─ 당연히 주로 의인화한 형태로 ─ 접하느라 성미가 고약한 경향이 있다고 해요. 고양이가 늘 가르랑대는 걸 보니 행복할 거라는 내 말을 듣고 수의사가 눈을 굴렸던 기억이 나요. 가르랑대는 것은 그저 고양이가 소리를 내는 것이지 **행복하다**는 의미는 아닙니다, 라고 쏘아붙이더라고요.

이 수의사는, 아폴로가 나이에 비해 무척 양호해 보여도 오래 못 살 거라고 무뚝뚝하게 말해요. 게다가 관절염을 앓으니 개도 오래 살고 싶지 않으리라 장담합니다. 무슨 일이 있어도 개의 체중을 늘리지 마세요.

그는 얼룩덜룩한 귀를 보고 고개를 저으면서, 이 견종이 불완전한 이유들을 지적해요. 가슴과 어깨가 뒷다리를 포함한 후부에 비해 너무 넓다, 목이 순백색이 아니고 다른 부위에 검정 얼룩이 적절하게 배치되지 않았다. 미간이 너무 좁고 턱은 좀 넓적하고, 다리는 두꺼운 편이고.

늠름하게 생겼지만 전반적으로 둔중하고 진정한 우아함이 부족하다고.

그는 아폴로가 전 주인을 애도하며 너무 여러 번 환경이 변해서 감정 상태가 악화되었다고 단언해요. (견주께서 그랬다면 기분이 어떻겠습니까? 그가 퉁명스럽게 물어요. 내가 이런 생각을 해보지 않은 줄 아는지.) 난 개의 울음에 대해, 그 증상 대신 생긴 듯한 심각한 새 증상에 대해 말해요. 이따금 아폴로는 발작 같은 걸 일으켜요. 혼란스러운 듯 사방을 두리번대요. 그러다 다리 사이에 꼬리를 내리고, 엎드리진 않지만 바닥에 최대한 밀착해 쪼그려요. 몸을 가능한 한 작게 만들려는 것 같아요. 그러다가 다시 떨기 시작해요. 몇 분에서 길면 반 시간쯤 웅크리고 제어 못 할 만큼 벌벌 떨어요.

누가 봐도 아폴로가 무서운 일을 예상하는 걸 알 수 있다고 난 수의사에게 말해요. 이런 발작이 보기에 너무 괴로워서 난 가끔 눈물을 흘린다는 이야기는 하지 않아요.

개의 불안증과 우울증 치료제가 있지만 이 수의사는 약물 치료를 달가워하지 않아요. 약이 효과를 내는 데 몇 주 걸릴 수도 있고, 결국 전혀 효과가 없는 경우도 많습니다, 라고 말하지요.

약물은 마지막 방법으로 남겨 두시지요, 라고 수의사가 말해요. 당장은 개를 너무 오래 혼자 두지 말고 말을 붙이세요. 가능한 한 운동을 많이 시키고요. 개가 가만히 있으면 마사지를 해주셔도 좋습니다. 다만 개가 행복한 개로 변할 거라는 기대는 마시고요. 주인이 어떻게 해주 어도 개는 회복하지 못할 수 있어요. 그 이유를 밝히지도 못할 겁니다. 개의 이력을 몰라서만은 아닙니다. 사람들 은 개들이 단순하다고 생각하고, 개의 머릿속이 어떻게 돌아가는지 안다고 믿고 싶어 합니다. 하지만 사실 개들 은 우리가 생각하는 것보다 훨씬 신비롭고 복잡하다는 사실이 밝혀지고 있습니다. 개들이 인간의 언어를 습득 하지 않는 한 우린 개에 대해 모를 겁니다. 물론 어느 동 물이나 마찬가지지요.

착한 개이긴 합니다만 견주께 경고해야겠네요, 라고 그가 말해요. 견주의 체구가 작으니 개의 체중이 4킬로 그램은 더 나가겠군요. (이 말이 기분 좋았죠.) 이런 힘센 대형견을 다루는 방법은 개에게 사실을 들키지 않는 겁 니다. 개가 싫은 일을 주인이 하게 만들지 못한다는 걸 숨기는 거죠.

아폴로가 이미 그걸 모르는 줄 아는지 원. 둘이 산책 나갔을 때, 두어 번 아폴로가 그만 걷기로 결정했어요. 아폴로가 걸음을 멈추고 앉거나 바닥에 엎드리면 난 다 시 일으켜 세우지 못해요. 나보다 보행자들이 더 화를 내 죠. 행인들은 멈춰 서서 구경하고 가끔 웃기도 해요. 한 번은 어떤 남자가 도와준답시고 어느 정도 거리를 두고 서서 개의 다리를 두드리면서 휘파람을 불었어요. 아폴로는 나도 처음 듣는 천둥 치는 듯한 격한 반응을 했어요. 그러자 그 남자와 근처에 있던 몇 명이 황급히 길을 건 넜죠.

개 조련사가 인간이 대장이라고 가르쳐 두었는데 이 제 그 반대로 생각하게 만들면 곤란하지요, 라고 수의사 가 말해요. 개의 머리에 자기가 대장이라는 생각을 심어 주면 안 됩니다. 데인 종은 자주 주인에게 몸을 기대는데, 그럴 때는 똑바로 서세요, 개에 부딪쳐 넘어지면 안 됩니 다. 개를 눕게 하고 한동안 가슴을 긁어 주세요. 그리고 제발 주인은 침대에 눕고 개는 바닥에 두시고요. 개를 계 속 **밑에** 있게 해서 교육하십시오.

이 말을 듣는 내 표정을 보고 수의사가 화를 내요.

착한 개이긴 합니다만, 이라는 말을 똑같이, 이번에는 제 법 크게 말해요. 개를 나쁜 개로 만들지 마세요. 나쁜 개 는 위험한 개가 되기 쉽습니다.

수의사가 아폴로를 검진하고 잔소리를 마칠 즈음, 난 심술보 수의사가 좋아져요. 그런데 헤어질 때 그가 한 말 은 질색이에요. 기억해 두세요, 개가 주인을 제 암캐로 생각하기 시작하면 큰일입니다.

아폴로와 살다 보니 자주 보가 생각나요. 20대 초반에 동거한 남자 친구가 키우던 데인과 셰퍼드 잡종이었어 요. 처음 만났을 때는 강아지였는데 점점 커서 키가 데인

만큼은 아니지만 비슷했고, 데인 종의 특징이 많았지만 셰퍼드의 담력과 공격성도 있었죠. 체구가 크고 중성화 시키지 않고 무척 지배적인 성격이라서, 싸울 상대를 구하는 것처럼 거리를 활보했어요 (자주 상대를 찾았고요, 휴!) 아파트가 위험한 동네에 있었지만, 집에 보가 있으면 신경 써서 문단속할 필요가 없었어요. 난 보를 데리고 3킬로미터 남짓 떨어진 친구네 가서 새벽 한두 시까지 놀다가, 어두운 텅 빈 거리를 걸어 돌아오곤 했어요. 긴장해서 극도로 경계하는 걸로 봐서 보는 잠재적인 위험을 감지했어요. 털 달린 병사 같았고, 병사의 총처럼 안전장치를 푼 상태였죠. 길모퉁이를 배회하거나 건물 문간에 있는 사람을 혼비백산하게 한 적도 있었어요. (그 시절 동네 주민들 중 강탈, 강도, 더 나쁜 일을 당하지 않은 사람이 없다시피 했죠.) 보가 요란하게 짖고 으르렁대는 소리에는 확실히 오싹한 구석이 있었어요. 위험 요인으로 간주되는 일과 (거기에는 낯선 남자가 나를 쳐다보기만 하는 것도 포함됐죠) 나 사이에 버티고 선 태도도 마찬가지였죠. 보가 날 지켜 주리란 걸, 필요하면 목숨을 걸리라는 걸 알았죠. 이 모든 이유로 보를 사랑했어요.

또 그 시절에는 우리가 이목을 끄는 것도 **좋았어요.**

하지만 지금은 상황이 달라요. 도시가 차분하고 거리는 안전하고, 이제 오밤중에 걸어 다니지 않아요. 새벽 한두 시면 곤히 잠들었죠. 보호받을 필요가 없어요. 난폭한 개가 날 지킬 필요가 없어요. 난 아폴로가 누구에게 짖거나 으르렁대야 된다고 느끼는 게 싫어요. 아폴로를 걱정시키고 싶지 않아요. 어디 가든 아폴로가 우리가 아주 안전하다고 느끼면 좋겠어요. 난 아폴로가 내 총이 되길 바라지 않아요. 아폴로가 얌전하게 따라오면 좋겠어요. 행복한 개가 되면 좋겠어요.

개가 주인을 그리워하던데요, 라고 위층 주민이 말해요.
퇴근하다가 엘리베이터에서 그녀와 마주쳤어요.
말인즉, 아폴로가 또 울어요.

아폴로는 당신을 잊어야 해요. 당신을 잊고 날 사랑해야 해요. 꼭 그렇게 되어야 해요.

part 5

「티베탄 마스티프[1]에 대해 읽어 봤어요?」

사실 『타임스』에 실린 기사를 읽었기에 그렇다고 대답하지만, 그녀의 말하고 싶은 욕구를 못 당하죠. 아무튼 그녀는 기사를 줄줄 읊어요.

몇 년 전만 해도 중국에서 티베탄 마스티프는 상징적인 지위를 차지해서, 일부 강아지가 평균 20만 달러라면 이 종은 1백만 달러 이상에 팔린다는 명품이었어요. 열기가 고조되자 탐욕스러운 사육사들은 개를 점점 많이 생산했지요. 그러다 열기가 가라앉았죠. 가치는 별로 없는데 사료를 많이 먹고, 체구가 너무 커서 때로 통제하기 어려우니 이제 키우려는 사람이 없었어요. 다음 단계는 대량 유기. 개들은 수송용 트럭에 실렸고 그 안에서 가혹하게 시달리다 많이 죽었죠. 그리고 살처분장.

사실 두 번 들을 필요가 없는 이야기죠.

1 티베트 고원 원산의 초대형, 초고가 견으로 꼽힌다.

109

난 그녀가 개들을 데리고 산책을 나가는 길에 가끔 마주쳐요. 잡종 두 마리인데 어미와 딸이죠. 기사 내용을 읊다가 개 사육의 악마성에 대한 — 이 이야기 역시 전에 그녀에게 들었어요 — 장광설로 넘어가죠. 잡종견들이 자연의 순리에 맞아요. 잡종견들이 존재하는 게 합당하죠. 그런데 세상에는 어떤 견종들이 있나요? 어리숙한 콜리, 신경과민인 셰퍼드, 잔인한 로트바일러, 귀 어두운 달마티안, 너무 차분해서 총을 맞아도 위험을 의심하지 않을 래브라도 리트리버. 털을 입은 식물, 장애인, 얼간이, 소시오패스, 너무 가는 뼈대나 너무 뚱뚱한 살집을 가진 개. **인간**의 입맛에 맞는 특징을 갖도록 사육하면 **그런 게** 나오죠. 이건 범죄 행위로 정해야 해요. (그녀가 포인터들이 사냥감을 가리키는 자세로 꼼짝하지 않아 움직이게 할 수 없다고 말했을 때, 난 미친 여자라고 생각했어요. 그런데 이 괴기스러운 이야기가 알고 보니 사실이에요.)

지금부터 50년이나 1백 년 후 어떻게 될지 생각하면 오금이 저려요, 라고 말하면서 그녀는 사뭇 어두운 표정을 지어요. 하지만 그때는 지구 전체가 파괴되었겠죠, 라고 덧붙이죠. 그러더니 이 생각이 위로되는지 잡종견들을 데리고 가버려요.

나는 그 마스티프들을 생각하게 돼요. 큰 체구와 사자 같은 갈기 외에도 주인을 지독하게 보호하고 충직한 견종으로 유명하죠. 그런 특징을 갖도록 사육된 개인데 주인이 수송 트럭에 실으면 개는 어떤 감정을 느낄까? 개가 배신을 이해할까? 아닐 것 같아요. 살처분장으로 가는 내 마스티프는 이제 주인님을 누가 보호하지, 라고 걱정할 것 같네요.

다른 이야기 하나. 동물의 괴로움에 대해 우린 뭘 아나요? 개와 다른 동물들이 인간보다 통증을 잘 견딘다는 증거가 있어요. 그런데 괴로움에 대한 능력은 ── 지능 지수처럼 ── 미스터리로 남을 수밖에 없죠.

애컬리는 개가 사람들과 감정적으로 얽혀서 비위를 맞추려 애쓰다 보니 병적으로 초조하고 스트레스를 받으며 산다고 믿었어요. 하지만 그는 개들이 두통을 앓을지 궁금해했죠. 그 정도도 알려진 바가 없었으니까.

다른 질문. 왜 사람들은 다른 인간의 괴로움보다 동물의 괴로움을 받아들이지 못할까?

로버트 그레이브스[2]가 솜강[3]에 대해 쓴 대목을 살펴보죠. **난 죽은 말과 나귀의 숫자에 충격받았다. 인간 시신들도 제법 많았지만, 동물이 이렇게 전쟁에 끌려온 것은 잘못인 듯했다.**

올림픽 선수이자 미 공군이었던 루이스 잠페리니는

────

2 영국 시인, 소설가.
3 프랑스의 북서로 흘러 영국 해협으로 유입되는 강. 제2차 세계 대전 격전지로 유명하다.

왜 제2차 세계 대전 중 포로로 일본에서 겪은 시련 중 경비병이 오리를 괴롭히던 기억이 가장 뇌리에 남는다고 말했을까요?

물론 각각의 경우에서 인간의 행위가 괴로움을 유발하고, 오리의 경우 순전히 가학성 변태 행위지요. 하지만 동물은 언제나 인간의 처분에 따르지 않나요? 동물을 향한 동정심, 동물 자신이 아픔의 이유를 모른다는 사실을 (그 사실 때문에 혹자는 동물이 인간보다 훨씬 더 괴로울 거라고 주장하지요) 우리가 아는 것과 관계있지 않나요? 난 동물을 향한 동정심의 정도는 그것이 일으키는 자기 연민의 정도와 상관있다고 믿어요. 사람은 평생 유아기의 기억을 강하게 간직하죠. 그 시기에는 인간보다 동물에 가까워서 무력감, 취약성, 소리 없는 공포에 짓눌려 보호를 갈구해요. 본능은 큰 소리로 울 수만 있다면 거기 보호가 있다고 말해 주지요. 순진무구함은 인간이 거쳐서 빠져나오면 되돌아갈 수 없는 상태죠. 하지만 동물은 그 상태에서 살다가 죽고, 잔학 행위로 약한 오리의 순진무구함이 파괴되는 것은 가장 야만적인 행위로 보일 수 있죠. 이런 감정 때문에 분노해서 그런 행위를 냉소적, 염세적, 변태적이라고 표현하는 사람들이 있어요. 하지만 인간이 그 감정을 못 느끼는 날이 온다면 모든 생물은 끔찍해지겠지요. 우리가 폭력과 야만으로 추락하는 순간이 그만큼 빨라진다고 난 믿어요.

왜 이제 고양이를 키우지 않느냐는 질문을 받으면, 난 사실을 밝히지 않고 얼버무리곤 해요. 실은 키우던 고양이들이 죽는 과정과 관계있어요. 괴로워하다가 죽는 것 때문이죠.

반려동물을 키우는 사람들은 다 이 일을 겪죠. 반려동물이 아프고, 아픈 게 확실한데 무슨 병이야, 뭐가 잘못된 거야? 동물은 말할 수가 없어요.

개는 주인을 신으로 믿는데, 주인이 통증을 멈출 능력을 가졌다고 믿는데, 웬일인지 주인은 (주인의 비위를 건드렸을까?) 그렇게 해주지 않는다는 견디기 힘든 생각.

시인 릴케는 죽어 가는 개를 보니 주인을 힐난하는 표정을 짓더라고 말했어요. 나중에 그는 이 경험을 소설 속 화자를 통해 풀어냈죠. **그는 내가 그걸 막을 수 있었을 거라고 믿었다. 이제 그가 항상 날 과대평가했다는 게 분명해졌다. 그는 놀라고 쓸쓸하게 계속 나를 응시했다, 통증이 끝날 때까지.**

고양이가, 당당하고 독립적이고 금욕적인 내 고양이가 얼마나 나쁜 상황인지 숨긴다는 의심.

동물 병원 방문, 진단, 흠, 적어도, 결국은. 수술, 약물. (그놈의 알약 좀 뱉지 마!) 희망. 그러다가 의심. 고양이가 통증을 느끼는지, 통증이 얼마나 심한지 내가 어떻게 알까? 내가 이기적인 건가? 고양이는 차라리 죽는 게 나을까?

오랜 세월 여러 번, 지나치게 여러 번 난 거기서 고양이를 품에 안고 있었어요. 수의사는 고양이가 가만히 갈거라고 날 위로했죠. 어머니는 그 자리에 있다가 말했어요. 앙증맞은 것이 내도록, 마지막 순간까지 품에 안겨 가르랑댔지. (알아요, 가르랑대는 게 고양이가 내는 소음에 불과하다는 걸.)

마지막 두 고양이 중 하나가 죽은 직후 (내 품에 안겼지만 가르랑대지는 않았어요) — 나랑 20년간 살았으니, 나랑 누구보다 오래 동거했죠 — 남은 고양이가 병이 났어요. 단 1분도 가만히 못 있고 아파트 안을 돌아다니더라고요. 상상해 봐요. 잠 못 드는 고양이. 먹고 싶어 했고 먹으려고 시도했지만 먹지 못했어요. 소리가 변해서 이제 고통스럽게 계속 야옹야옹 울었어요. 날 도와줘, 왜 날 도와주지 않는 거야.

초음파 검사를 하니 종양이 보였어요. 수술할 수는 있습니다, 라고 수의사는 말했어요. 위로를 주는 장밋빛 수술복을 입은 상냥한 젊은 여의사였죠. 하지만 고양이 나이를 고려해 보세요. 나이, 이미 고양이가 얼마나 고통을 겪었는지, 열아홉 살이니 수술을 견디지 못하리란 사실을 따져 봤어요. 다른 선택지는 고양이를 잠재우는 겁니다, 라고 수의사가 말했죠.

애컬리는 〈솔직하지 않은〉 완곡어법을 질색했죠. 하지만 그의 표현 — 처분하다 — 을 지각을 가진 존재에게 사용하면 늘 이상했어요. 또 애컬리도, 그 누구도 솔직하게 **죽게 하다**, 라는 표현을 쓰지 않아요. 가여운 녀석을 **죽게 하다**, 라고 말하는 게 나을 텐데. 희망이 없으니 고양이를 **죽게 해야**겠네요. 우리가 집을 구해 주지 못하면 동물들 다 **죽게 해야** 될 겁니다.

고양이랑 있으시겠어요?

물론이죠.

주사 두 방이에요, 라고 수의사가 설명했어요. 첫 번째 주사는 고양이를 진정시키는 용도고…….

첫 번째 주사가 문제를 일으켰어요. 탈수와 관련된 문제와 그게 혈관에 미친 영향 때문에. 그래서 이 순간까지 아주 얌전하던 고양이가 경계했어요. 고양이는 앞발을 쭉 펴서 내 손목을 건드렸어요. 연약한 목에 달린 머리를 힘없이 들더니 어이없다는 눈빛으로 날 봤어요.

내가 하려는 말은, 고양이가 한 말이 아니에요. 내가 하려는 말은 내가 들은 내용이에요.

잠깐, 이건 실수하는 거야. 날 죽게 해주기 바란다고 말한 적 없어. 더 행복하게 해주기 바란다고 말했지.

수의사는 당황한 기색이 역력했어요. 내가 뭐라고 말할 새도 없이 그녀는 고양이를 불끈 안더니 문으로 향했어요. 금방 돌아올게요.

거긴 병동이 여럿인 복잡한 대형 병원이었어요. 수의사가 어디 갔는지 난 몰랐죠.

10분 후 그녀가 돌아왔어요. 수의사는 고양이를 진찰대에 올려놨어요. 죽은 상태로.

고양이랑 있으시겠어요? 물론이죠.

참지 못하고 쏘아붙이고 말았어요. 무슨 짓을 한 거예요.

고양이는 다른 동물과 달리 용서하지 않는다는 연구 내용을 들은 적이 있어요. (작가들과 비슷하겠죠. 어느 편집자 말로는 사소한 것도 잊지 않는 사람들이 바로 작가들이라더군요.)

죄책감이 더 깊은 이유는, 키운 고양이들 중 이 녀석이 가장 사랑을 못 받아서였어요. 늘 겉도는 녀석, 품에 안기거나 무릎에 앉지 않지만 내가 잠들 때까지 기다렸다가 살그머니 엉덩이로 올라오는 녀석이었거든요. 이제 이 고양이는 내 머리에서 지워지지 않는 존재가 됐어요. 집에서 고양이 털이나 수염을 발견하면, 마지막 며칠간 미친 듯 야옹대던 쉰 소리가 귀에 쟁쟁했어요. 아뇨, 다른 고양이를 키우고 싶지 않았어요. 두 번 다시 고양이가 죽는 것을, 고생하다가 죽는 걸 지켜보기 싫었어요. 다른 불안감은 말할 것도 없고요. 고양이를 키우다 내가 먼저 죽으면 고양이가 어떻게 될까, 라는.

그래서 늙은 캣 레이디[4]가 되는 것은 면했지요. 인터넷 시대에 고대의 고양이 숭배가 되살아나 집사라는 딱지가 낙인이 아니라서 다행이에요. 어느 수련의가 말하는데, 고양이를 여럿 키우는 게 정신 질환의 징후일 수 있다고 정신과에서 배웠대요. 전에 들은 애니멀 호더[5]의 심각한 예들을 떠올리자, 정신과 의사가 이 특이한 문제를 염두에 두는 게 좋겠다 싶더라고요. 그런데 고양이 **몇** 마리면 정신 질환으로 간주되느냐고 물으니, 수련의는 **세 마리**라고 대답했어요.

개의 뛰어난 후각을 고려할 때, 오래전이지만 이 집이 고양이 영역이었던 걸 아폴로가 알 거예요. 궁금해요. 아폴로는 그걸 어떻게 생각할까?

「**화이트 갓**」이라는 헝가리 영화가 있는데, 부다페스트의 개들이 압제자에게 반란을 일으키는 내용이에요. 모든 반란이 그렇듯 여기도 리더가 있어요. 릴리라는 소녀가 아끼는 잡종견 하겐이지요. 순혈이 아닌 개를 키우는 국민에게 부과된 세금을 릴리의 아버지가 납부하지 않으면서 하겐의 시련이 시작되죠. 거리로 쫓겨난 하겐은 릴

---

4 반려동물을 많이 키우는 독신녀.
5 키우는 반려동물의 수를 늘리는 데 집착하고 제대로 돌보지 않는 사람.

리에게 돌아갈 길을 찾으려고 애쓰지만 (한편 릴리도 하겐을 찾으려고 모든 수단을 강구하죠) 처음에는 개잡이들 때문에, 나중에는 가장 잔인한 방법을 동원해 하겐을 투견으로 조련하는 악한 때문에 좌절당하지요. 하겐은 처음 링에 올라 다른 개를 죽인 후에야 자신이 저지른 짓뿐 아니라 자신이 당한 일들까지 이해해요. 조련사에게서 탈출하지만 곧 개잡이들의 덫에 걸려 개 보호소로 끌려가고, 여기서 살처분될 예정이지요. 하지만 이번에도 하겐은 탈출하고 동시에 많은 개들을 해방시켜요. 하겐이 거리를 질주하자 개들이 뒤따라요. 달리는 개 무리에 — 일부 공격하기도 해요 — 도시 전역에서 개들이 합류해요. 하겐이 개 군단을 조직한 셈이지요. 하겐은 적을 하나하나 찾아내서 가혹하게 죽여요. 하지만 이즈음 전에 순했던 하겐은 너무도 변해서, 마침내 릴리의 아버지가 검사원으로 일하는 도축장의 마당에서 릴리와 마주치자 이빨을 드러내고 으르렁대요. 결국 릴리도 사람이죠. 그리고 이 전쟁을 시작한 장본인인 아버지가 거기 와 있고요. 하겐 주변에 그의 군대가 몰려서 다들 공격할 채비를 해요. 겁에 질린 릴리는 호른을(학교 오케스트라의 호른 담당이거든요) 연주하면 음악이 진정 효과를 발휘해 하겐이 좋아하던 걸 기억해 내요. 백팩에서 호른을 꺼내 연주하기 시작하죠. 하겐은 차분해져서 땅에 엎드려요. 그러자 다른 개들도 잠잠해지면서 엎드리죠. 릴리는 계속 연주하면서 평온한 시간을 이어 가죠.

해피 엔딩은 아니에요. 당연히 개들은 죽을 운명에 처하죠. 하지만 이미 복수는 했어요.

왜 많은 이들이 — 고교 영어 교사가 바로잡아 주기 전에는 나를 포함해 — 음악이 난폭한 야수를 달랜다고 믿는지 쉽게 알 수 있죠.

음악에 난폭한 야수를 달래는 마력이 있다는 것은 극작가 윌리엄 콩그리브가 쓴 문장이에요. 하지만 거칠거나 성난 동물이 음악으로 진정되거나 길들여지는 것은 신화에 나오죠. 그게 납득되는 것은, 음악이 인간의 정신에 지대한 영향을 주는 걸 누구나 알기 때문이죠.

「화이트 갓」에서 개는 죽음을 당하기 직전에 어느 방에 들어가는데, 텔레비전에서 「톰과 제리」 만화 시리즈의 한 편인 「캣 콘체르토」가 나와요. 거기서 톰이 리스트의 「헝가리언 랩소디 2번」을 연주하죠.

음악이 정말 개의 마음을 달래 주는지 모르겠지만, 인터넷에 개 우울증 치유 방법으로 나와요.

(책을 집필 중인가요? 우울하세요? 반려동물을 찾으시나요? 반려동물이 우울한가요?)

하지만 어떤 종류의 음악일까요?

전에 토끼를 키웠는데 집에 풀어놓았어요. 거실에 스테레오가 있고 대형 스피커 두 개가 바닥에 놓여 있었죠.

음악이 흐르면 토끼가 스피커 앞에 와서 자리를 잡았어요. 보통은 가만히 엎드려서 귀를 기울이거나, 귀를 가다듬기 시작했어요. 그런데 바흐의 「양들은 한가로이 풀을 뜯고」가 시작되면 토끼는 일어나서 신나게 방 안을 뛰어다녔어요.

어떤 종류의 음악이 효과적일까? 신나는 곡? 달콤한 곡? 빠르거나 느린 곡? 「헝가리언 랩소디 2번」? 슈베르트는 어떨까? (아, 슈베르트는 아니겠네요. 아르보 패르트[6]는 〈슈베르트의 펜은 50퍼센트는 잉크, 50퍼센트는 눈물〉이라고 썼죠.) 마일스 데이비스[7]의 「비치스 브루」[8]는 어떨까? (어리석은 의인화인 줄 알지만 가끔 사랑은 그렇게 표현되거든요.)

나는 아폴로에게 마일스 데이비스의 연주를 들려줘요. 바흐와 아르보 패르트의 음악도 들려주죠. 프린스, 아델, 프랭크 시나트라의 노래도 들려줘요. 그리고 모차르트, 모차르트를 여러 곡 들려줘요.

어떤 음악도 아폴로에게 효과가 없어요. 듣는 것 같지 않아요. 듣는다 해도 관심이 없는 눈치고요.

그러다 원숭이 집단을 상대로 한 실험에 관련된 글이 기억나요. 모차르트 음악과 로큰롤 곡 중에서 고르게 하

6 에스토니아 최초로 12음계 곡을 쓴 작곡가.
7 재즈계의 손꼽히는 트럼펫 연주가.
8 Bitches Brew. 〈암캐들이 소란 떨다〉 정도로 해석될 수 있을 듯하다.

니 원숭이들은 모차르트를 선택했죠. 하지만 모차르트와 고요 중에서 고르게 하니 고요를 선택했어요.

「화이트 갓」은 소설 『추락』을 일부 토대로 삼은 영화예요. 데이비드 루리는 교수직을 잃은 후 케이프타운 생활을 포기해요. 이스턴 케이프에 있는 작은 마을로 가죠. 거기서 딸 루시가 소규모 자급 농장을 운영하고, 그는 동물 쉼터에서 일하는 것으로 끝나죠. 많은 유기견들의 운명에 대해 루시는 말해요. 저들은 우리에게 신처럼 대하는 영광을 베푸는데 우리는 저들을 물건처럼 다루지요.

아파트 관리소가 보낸 편지에, 내 임대 계약 위반 행위를 주시하게 되었다고 적혀 있어요. 즉시 건물에서 개를 치우지 않으면⋯⋯

개에게 나쁜 일이 일어날까요?

part 6

가칭 카터라는 학생이 가칭 제인이라는 학생의 소설을 평해요. 이 이야기의 문제는 주인공이 소설 속 인물 같지 않다는 점입니다. 실생활 속 인물에 더 가까워요.

카터는 이 말을 재차 해요. 내가 한눈팔고 못 들어서 다시 말해 달라고 요청하거든요.

등장인물이 너무 현실적이라는 뜻인가? 나는 카터의 말이 그런 의미인 줄 알면서도 물어요.

문제의 등장인물은 빨강 머리와 초록색 눈을 가진 소녀인데, 금발과 파란색 눈을 가진 소녀와 사귀고 알고 보니 금발이 방금 찬 남자가 빨강 머리의 새 남자 친구예요. 남자 친구의 눈과 머리 색깔은 특정되지 않지만 장신으로 묘사되죠. 나중에 가칭 비브라는 학생이 여주인공도 키가 큰지 궁금하다고 말해요. 왜 그게 중요하지요? 난 답답한 기색을 숨기고 물어요. (비브한테 숨겼다고 할 수가 없네요. 그녀는 뭐든 설명을 요구받는 걸 질색해서 새

침하게 대꾸해요, 그냥 물어보면 안 되나요?)

내가 알고 싶은 것들도 있어요. 예를 들면 두 소녀가 대화하고 싶을 때 왜 차에 타고 서로의 집으로 갈까? 왜 휴대폰으로 통화하지 않는지, 왜 먼저 문자로 상대방이 집에 있는지 확인하지 않는지? 페이스북을 통해 쉽게 상대의 정보를 파악할 수 있는데 왜 서로에 대해 아는 게 없는지?

그게 학생 소설의 몹시 당혹스러운 점들 중 하나예요. 대학생들이 하루 열 시간씩 소셜 미디어에 매달리기도 한다는 기사를 읽었어요. 그런데 학생들의 소설 속 인물들에게 — 역시 주로 대학생들 — 인터넷이 존재하지 않아요.

어느 편집자가 내 원고의 여백에 **휴대폰이 소설에 어울리지 않습니다,** 라고 비평한 이후 — 20년도 더 전 — 난 기계 문명이 넘쳐 나는 현실과 기계 문명이 없는 소설의 괴리가 의아해요.

누군가 이 문제를 조명할 수 있다면 학생들이라고 생각한 적이 있어요. 하지만 그들이 별 도움이 되지 않네요. 가장 흥미로운 반응은 다섯 살 아이의 엄마인 대학원생에게 나왔어요. 그녀는 책을 읽어 줄 때마다 아들이 계속 방해한다고 말했어요. 사람들은 언제 화장실에 가요? 엄마, 사람들이 언제 화장실에 가느냐고요?

우리가 실생활에서 하지만 소설에 넣지 않는 일들이

있죠, 적확한 지적이에요. 하지만 화장실에서 하루 열 시간씩 보내는 사람은 없죠.

커트 보니것[1]의 불평을 떠올려 봐요. 기술 문명을 제외시킨 소설들은 빅토리아 시대 사람들이 섹스를 제외시킨 것만큼 삶을 잘못 그린 것이다.

하지만 그건 또 다른 미스터리죠. 아는 강사는 워크숍 소설 속 인물들을 **머릿속에 아무것도 없고 다리 사이에 아무것도 없다**, 라고 표현해요. 이 강사는 나보다 워크숍 지도 경력이 길고 은퇴가 목전이에요. 그는 늘 그런 것은 아니었다고 말해요.

섹스가 풍성했던 시절이 기억나요, 꽤 변태적인 섹스가 넘쳐 났지요, 라고 그는 말해요. 이제 다들 분노를 일으킬까 봐, 뭔가 촉발할까 봐 겁내요. 하지만 우리 시대 선생들은 다행이었지요. 요즘은 강의 중 섹스를 거론하면 곤란에 처할 수 있으니.

또 어느 지인은 여대에서 가르치는데 글 제목 추천 목록에 〈첫 성 경험〉을 포함시켰다가 일부 여학생의 항의를 받는 곤란을 겪었어요. 학장 말로는 강사의 행위가 성희롱으로 간주될 — 음, 되었을 — 수도 있다네요.

난 우리 학교의 온라인 강좌 〈성적 위법 행위 교육〉을 수강하면서, 말이든 글이든 성행위에 대한 언급은 위법

---

1 20세기 미국 소설가. 전쟁의 참상과 사회의 잔인성을 주제로 삼았다.

항목에 포함된다는 사실에 눈떴어요. 여기에는 농담, 만화, 자신이나 타인의 성생활에 관련된 가벼운 대화도 포함되더군요. 글쓰기 워크숍도 예외는 아닌 것 같더라고요. 내가 자위 질식 장면이 포함된 소설을 선정했던 게 우려됐지만 학생들이 제대로 이해 못 했죠. 설명해 주다가 공연한 짓인지 걱정됐어요.

솔직히 온라인 강의를 얼렁뚱땅 넘겼지만 마지막 테스트 부분에서 (〈당사자 외에 아무도 결과를 보지 않습니다〉) 열 문항 중 두 문항을 틀려서 놀랐어요. 틀린 문항은 관련 부분으로 되돌아가 다시 더 찬찬히 읽게 되어 있었어요. 하지만 성가시게 그럴 필요가 있나요, 이제는 아는데. 맞아요, 선생이 학생과 데이트하는 걸 알면 즉시 신고해야 해요. 또 신고가 의무 사항은 아니지만, 동료가 음란한 농담을 할 경우 개인적으로 불쾌하지 않아도 신고하라고 학교 측은 강력히 촉구해요.

제가 하려는 말은 이 소녀를 안다는 거예요, 라고 카터가 말해요. 정확히 어떻게 생겼는지 설명할 수 있어요.

어떻게 그럴 수 있을까? 이 소녀의 외모에 대해서는 제인이 묘사한 내용만 알 수 있을 뿐인데. 눈동자 색깔, 머리 색, 흔히 학생들이 소설이 운전 면허증인 것처럼 등장인물을 묘사하는 방식이죠. 그런 경향이 워낙 강해서 난 학생들이 인물을 상세히 표현하는 걸 무례로, 프라이버시 침해로 느낀다고 보게 됐어요. 최대한 신중한 게 ─

즉 묘사하지 않는 게 ─ 최선이라고 생각하나 봐요. 예를 들어 어느 학생이 카터에 대해 쓴다면 눈이 갈색이라는 점을 넣지만 목에 가시철사 문신이 있는 점은 생략하죠. 혹은 그가 캠퍼스 스타벅스에서 오래 아르바이트하면서 에스프레소를 만드느라 팔목이 아파서 연신 문지르는 점은 쓰지 않아요. 학생들은 카터의 갈색 곱슬머리를 언급하지만, 아무리 더워도 늘 검은 털모자를 쓰는 사실은 밝히지 않죠. 은색 동전만 한 귓불 피어싱도 제외할걸요, 난 그걸 볼 때마다 찡그려지는데도.

저는 소녀에 대해 모든 걸 말할 수 있어요, 라고 카터가 말해요.

내게 주인공은 방금 소매에서 떼어 낸 이 머리카락처럼 가늘고 잿빛이에요. 그런데 카터에게는 그녀가 너무 애매한 게 아니라 너무 익숙한 게 문제죠.

그는 이걸 거듭 비평해요. 실생활에서 매일 만나는 부류의 인간에 대해 쓰는 게 무슨 소용이 있을까요?

위험하다, 플래너리 오코너는 학생들이 서로 원고를 비평하게 하는 걸 이렇게 말하죠. 선무당이 사람 잡는다.

카터의 문학적 야심은 제2의 조지 R. R. 마틴[2]이 되는 거예요. 집필 중인 소설은 가공의 왕국들이 권력, 주도권, 보복을 위해 끝없이 전쟁하는 대대적인 격돌을 다뤄요. 하지만 그의 우상과 달리 카터는 성폭력 장면들을 잘 끼

2 『왕좌의 게임』을 쓴 미국 작가.

위 넣지 못해요. 그의 소설에는 강간이나 근친상간이 없어요. 수업 중 눈에 띄는 여성 인물들이 등장하지 않는 점을 지적받자, 카터는 어깨를 으쓱하고 잠자코 있어요. 하지만 내 연구실에서 둘이 있을 때 그는 사실은 소설에 여자들이 나온다고 말해요. 섹스도 있어요, 라고 카터가 말해요. 많이 들어가요. 대부분 폭력적이고요. 강간도 있어요. 집단 강간도 있죠. 근친상간도 있고요.

워크숍에서는 그 부분들을 삭제하죠, 라고 그가 말해요.

내가 왜 그러느냐고 묻자 카터는 눈을 굴려요.

농담하세요? 사람들이 어떻게 반응할지 아시잖아요. 그 여자들 말이에요. 제가 학교에서 쫓겨날 수도 있다고요.

내가 그런 일은 없을 거라고 말하지만 카터는 믿지 않아요. 오늘 그는 검정 털모자(대체 뭘 덮으려는 걸까?)를 푹 눌러써서 크로마뇽인 같아요. 귓불이 늘어져서 귀가 그의 소설에 나오는 반인의 늘어진 귀랑 비슷해요.

저기, 저는 위험을 무릅쓰지 않겠습니다, 라고 카터가 말해요. 하지만 믿어 주세요, 거기 다 담겨 있어요. 전부 거친 내용이에요, 라고 덧붙여요. 그 말이 내 안의 뭔가를 자극해요. 카터가 그걸 알아차리죠.

하지만 **교수님이** 원고를 보고 싶으시면 보여 드릴게요, 라고 그가 말해요.

그럴 필요 없을 것 같은데, 라고 내가 더듬더듬 말하자, 카터는 알 만하다는 듯 히죽 웃어요.

학생들은 거의 그래요. 동료 교원 몇몇도 마찬가지고. 출판계 종사자들도 매양 그렇죠. 작가가 여성일 경우 다들 그런 경향이 있어요. 그런데 언제 시작됐을까요, 만나 본 적 없는데 여성 작가를 성씨 아닌 이름으로 부르는 이 습관은?

브루클린에서 열린 북 페스티벌 이벤트. 난 14가 지하철역에서 2호선을 타요. 열차가 만원이에요. 근처에 앉은 중년 남녀가 보여요. 내 자리랑 가깝지만 대화가 들릴 만큼은 아니에요. 몸짓으로 볼 때 커플보다는 친구나 동료 같아요. 둘이 나랑 목적지가 같다는 느낌이 확 들어요. 반 시간 후 애틀랜틱 애비뉴역에서 나처럼 두 사람도 내려요. 토요일 밤이라 큰 역이 복잡해서 난 그들을 놓쳐요. 이벤트 장소는 역에서 몇 블록 떨어진 홀이에요. 거기 도착해 곧장 바로 가니 그들이 있어요. 2호선을 타고 온 남녀가 내 앞쪽 줄에 있어요.

이번 학기에 다른 강사와 연구실을 같이 써요. 그녀는 신입 교원이고 사실 이번이 강의 첫 학기예요. 알고 보니 몇 년 전 내가 가르친 학생이었어요. 같은 학교, 같은 프로그램의.

그녀가 이따금 연구실에서 명상을 하느라 향초를 켜서 미모사나 오렌지꽃 향내가 폴폴 나요.

강의 요일이 달라서 평소 마주치진 않지만, 문자와 쪽지로 계속 연락을 주고받아요. 가끔 그녀는 사려 깊게 쿠키, 초콜릿 바, 훈제 아몬드 같은 간식을 남겨 둬요. 내 생일에 연구실에 꽃을 잔뜩 꽂아 두기도 했어요.

이 여성은 아직 학생일 때 석사 논문 격인 소설을 파는 개가를 이루었어요. 절반도 완성되지 않은 첫 소설이, 아직 윤곽도 갖추지 못한 두 번째 소설과 함께 팔렸어요. 첫 작품이 출간되기도 전에 여러 상을 받았고, 수상 후에는 곧 장래성 있는 유망주에게 주는 모든 문학상을 휩쓸었죠. 상금 총액이 50만 달러에 달했어요. 그러자 우리 사이에 유망주로 알려지기 시작했어요.

첫 소설이 출간되자 예상대로 대단한 호평을 받았어요. 그런데 이런 상황인데도, 문학상을 받았는데도 책이 안 팔렸어요. 좁은 문학계에서 유망주는 여전히 유명해져서 〈모든 걸 거머쥔 인사〉죠. 그런데 넓은 세상에서는, 신간에 주목하는 이들 사이에서도 데뷔 2년 후에는 책 제목도 작가 이름도 반응을 못 얻어요.

새삼 새로운 양상도 아니고 세상이 끝난 것도 아니죠. 하지만 이 유망주는 2년간 글을 못 쓰고 있어요.

그녀는 강의가 도움이 되거나 적어도 유용한 일을 할

수 있다고 생각했죠. 학창 시절 내성적이었지만 자신만만하던 사람이었어요. 그런데 선생으로는 주눅이 들었어요. 수강생 대부분과 비슷한 연배고, 연장자도 몇 명 있어요. 얼마나 미숙함이 드러나는지, 얼마나 권위가 부족한지 스스로 잘 알아요. 목소리가 높고 가는 데다 당연히 떨리고, 불안하면 얼굴이 빨개지죠.

그녀는 여학생들에게 신랄해요. 그들이 앙심을 품고, 계속 자기가 뭔데, 라는 식의 반응을 보인다고 말해요. 여자들이 걸핏하면 다른 여자, 특히 노력하는 야심 찬 여성에게 하는 반응을 보인다고. 남학생 중 벌써 셋이 그녀에게 호감을 표했어요. 한 명은 눈으로 샅샅이 훑어봐서 그녀는 강의 시간에 자기도 모르게 가슴에 팔짱을 끼고 앉아 있죠. 그런데 더 나쁜 것은 그 남학생에게 강렬하게 끌리는 거죠.

그녀는 가끔 강의 전에 공포감에 사로잡혀요. 그래서 명상을 하고 종종 벤조디아제핀[3]으로 보충하죠.

이 유망주는 다시 글을 못 쓸 뿐 아니라 인생 전체가 거짓이라는 두려움에 쩔쩔매죠. 이제껏 성취한 전부가 실수의 결과였던 거죠. 왜 누가 그녀의 책을 출간하고 싶었는지 — 왜 누가 그녀가 강의할 수 있다고 생각했는지 — 납득이 안 되죠! 두 번째 소설의 경우 편집자가 여러 차례 마감을 연장해 줘도 그녀는 탈고하지 못하리란 걸

3 신경 안정제.

131

알아요.

유망주는 들통날까 봐 공포 속에서 살아요. 자신이 단순한 실패자가 아니라 사기꾼인 걸 들킬까 봐. **그러니 제발 그녀를 유망주라고 그만 불렀으면!**

다른 작가들, 심지어 일부 거장들도 똑같은 의심에 시달렸다고 그녀에게 일러 줘도 소용없어요. 작품 『변신』에 대해 〈불완전함이 작품의 골수까지 박혀 있다〉라는 카프카의 말도 소용없어요.

유망주와 대학 동기인 다른 강사는, 그녀가 문을 닫아걸고 우는 걸 몇 번 봤다고 말해요. 간단한 두 쪽짜리 보고서를 쓰려고 안달하다가 뜻대로 안 되니 울더라고.

학과 차원의 수업 참관이 필수적이어서 난 유망주의 강의에 들어가요. 그녀가 매력을 느낀다던 남학생이 회심의 미소를 지으면서 강사를 응시하는 게 내 눈에 보여요. 난 그녀가 이 학생과 연애를 시작했다고 믿지만 참관 보고서에 그 내용은 쓰지 않아요. 내가 운이 좋다면 그녀는 털어놓지 않을 거예요. 내게 조언을 구하지 않겠죠.

어느 날 이런 일이 벌어지는 게 훤히 그려져요. 난 어떤 장소에 있어요. 화장품 가게나 미용실, 우연히 방문한 집의 욕실이겠죠. 독특한 냄새를, 미모사나 오렌지꽃 같은 독특한 향을 맡지만, 유망주가 연구실에서 피우던 향초를 기억하지 못해요. 그러니 내 반응이 의아하겠죠. 아는 사람이 곤경에 빠진 걸 텔레파시로 아는 것 같은 경각심이 드니까요.

　유망주와 쓰는 연구실의 맞은편은 올해 초빙한 유명 작가의 연구실인데 그는 방에 없어요. 근무 시간을 지키지 않고, 담당 조교에게 우편물을 학교 우편함에 넣지 말고 집으로 보내라고 일러두었죠. 그는 강의하러 나오면 워크숍 강의실로 직행해요. 동료들과 거의 마주치지 않고, 간혹 마주쳐도 그는 상대를 투명 인간 취급하면서 눈을 맞추지 않죠. 개강 전 그는 추천사를 쓰지 않는다고 공지하라고 학과장에게 통고했어요. 학생들에게는 강의 첫날 직접 알렸고요. 난 추천서를 쓰지 않습니다. **요청할 엄두도 내지 말아요.**

　당신은 이 말을 듣자 발끈했어요. 전에 그자가 구겐하임에 편지를 써달라고 부탁했을 때 나도 똑같이 말해 줄 걸 그랬네.

　개강 직후 그는 반스 앤드 노블[4]에서 낭독회를 해요. 청중이 적어도 그는 위축되지 않고 한 시간이나 낭독하죠.

　질의응답 시간에 누군가 왜 그의 작품은 극히 비관습적인 형식인데도 소설로 불리느냐고 물어요. 그러자 그는 대답해요, 내가 소설이라고 말하니까 그 작품은 소설인 겁니다.

　4 미국의 대형 서점 체인. 맨해튼에 큰 점포가 있다.

사인회 때 어떤 여성이 그에게 최대한 빨리 다른 작품을 쓰라고 말해요. 왜냐면 통 읽을거리가 없거든요, 라고 그녀는 진지하게 말하죠.

   반스 앤드 노블인데.

   뉴스를 보면, 미국 성인 3천 2백만 명이 문맹이에요. 시의 잠재적인 독자는 1992년보다 3분의 2로 줄었어요. 〈집세 부담〉으로 뉴욕시에서 생존을 염려하는 여성은 소설을 써보기로 결정해요(〈그리고 잘되고 있어요〉).

part 7

　1번 부인은 외국에 살아요. 추모식에 참석하려고 뉴욕으로 날아왔고, 귀국 전날 밤 그녀와 나는 저녁 식사를 하러 갔어요.

　그녀가 다정하게 말했어요.

　「네가 더 힘들다는 걸 알아. 그이랑 결혼 생활을 했지만 그건 아주 오래전이지. 또 결혼이 끝난 후로 아무 관계도 아니었고. 우정도 아니고 접촉도 없고 아무것도 아니었어. 그래야 마땅했지. 솔직하게 말하면 처음에는 추모식에도 참석하지 않으려고 했어. 그러다가, 마무리라는 생각이 들었어. 그게 무슨 의미이든 간에.」

　자살인 경우 마무리가 될 수 없다고 추모식에서 누군가 말했어요.

　1번 부인이 말했어요.

　「하지만 너희는, 너와 그이는 아주 오래 정말 친한 친구였어. 그게 얼마나 부럽던지. 그이와 내가 사랑에 빠지지 않았다면 **우리가** 그런 친구가 됐을 수도 있는데, 라고 아쉬워했지!」

하지만 거부할 수 없었죠, 맞잖아요. 그런 강렬한 사랑은 마법 같은 효과가 있었을 거예요. 소수나 그런 굉장한 열정을 경험하고, 나머지는 그 이야기를 듣고 꿈꿀 수밖에 없죠.

지금까지도 내게 그 사랑은 전설 같은 힘을 가져요. 아름답고 두렵고 파멸하고.

두 사람 가까이 있으면 화로 옆에 있는 기분이었던 기억이 나요. 상황이 나빠지면 둘 중 하나가 죽는 것으로 끝날 거라고 짐작했던 기억도 나네요. 둘이 금지된 행위를, 심지어 범죄를 저지르는 기분이라고 당신 입으로 말했어요. 그리고 가톨릭 신자로 성장한 그녀는 이런 심취된 사랑은 죄라고 믿었고요. 결국 그것은 2번 부인을 절망에 빠뜨렸죠. 당신의 바람기가 아니라 그런 사랑은 평생 두 번 오지 않는다는 믿음 말이에요. 당신이 그녀를 어떻게 생각하든 1번 부인을 향한 감정과 비교 불가라는 사실, 그녀는 1번 부인이 여전히 당신의 마음에 있을까 봐 늘 겁냈죠.

우리가 사랑에 빠지지만 않았다면. 1번 부인은 그 말을 되뇌었어요.

「택시를 타고 여기 오다가 그 생각을 했어. 우리가 그이를 얼마나 숭배했는지 기억나? 다들 얼마나 극성팬이었는지? 당시 사람들이 우리 수강생들을 뭐라고 불렀더라?」

「문학계의 맨슨 가족.」

「아, 맞아. 세상에. 어떻게 그걸 잊을 수 있담.」

우리가 당신의 말 한 마디 한 마디에 매달려서 당신이 언급한 책이나 앨범을 사러 뛰어나갔던 걸 기억해 봐요.

우리의 글 전부가 당신의 글을 표절했다는 걸 기억해 봐요.

당신이 언젠가 노벨상을 받을 거라고 우리를 믿게 했던 걸 기억해 봐요.

이제 그는 일개 죽은 백인 남성에 불과하네.

그는 잘해 냈어, 라고 내가 말했어요. 대부분의 작가들보다 잘해 냈어.

「하지만 마지막 2년간 글을 별로 안 썼다면서.」

그랬지.

「그 정도로 우울해 보였어? 그이가 그렇게 말했어? 그냥 묻는 게 아니야, 그것 때문에 밤에 잠이 안 와. 그이가 강의를 그만둔 이유가 뭐야?」

난 당신의 여러 고충을 줄줄 읊어요. 다른 강사들에게 매일 듣던 불만과 별반 다르지 않았죠. 일류 고교 출신 학생들도 좋은 문장과 나쁜 문장을 구분할 줄 모른다, 이제 출판계 누구도 글을 어떻게 쓰는지에 관심 없다, 책 시장이 죽어 가고 문학이 죽어 간다, 작가의 위신이 땅에 떨어져, 남녀노소 누구나 명예를 얻기 위해 작가로 나서는 이유가 지상 최대의 미스터리다.

당신이 소설의 목적에 대한 믿음을 상실했다고 난 그녀에게 말해요. 오늘날 아무리 문장력이 빼어나거나 아이디어가 풍부해도 소설은 사회에 유의미한 영향을 미치지 못한다고. 1862년 에이브러햄 링컨이 해리엇 비처 스토[1]를 만났을 때 아, 자그마한 여성분이 이 위대한 전쟁을 발발시킨 책을 쓰셨군요, 라고 말하게 하는 상황은 상상조차 할 수 없다고.

에이브러햄 링컨이 실제로 그런 말을 했는지 몰라도.

그 순간 그 인터뷰가 기억나요.

잠깐이라도 그걸 잊다니 정말 이상하죠. 아마 당신의 마지막 인터뷰였다는 생각이 지금 떠오르네요. 중서부 문학 저널의 창간호와 인터뷰했죠.

인터뷰에서 당신은 작가들 사이에 자살의 물결이 일어나리라 예측했어요.

그러면 언제 그 일이 일어날 거라고 보시나요?

곧.

당신이 그 인터뷰 이야기를 안 해서 내가 놀란 기억이 나네요. 다른 친구가 인터뷰 기사를 보내 주지 않았으면, 난 모르고 지나갔을 거예요.

민망해서 이야기하지 않은 거야. 나중에 인터뷰가 어

1 『톰 아저씨의 오두막』을 쓴 미국 작가.

떻게 보일지 생각나더라고. 신파 조에 자기 연민에. 술을 몇 잔 마신 참이었지.

인터뷰어는 독자와 관련해, 특정 독자를 염두에 쓰고 글을 쓰느냐는 일반적인 질문을 던졌죠. 그 질문을 받고 당신은 작가와 독자의 관계에 대해, 그 관계가 얼마나 변했는지에 대해 말했어요. 당신은 젊은 작가 시절, 독자가 너만큼 똑똑하지 않다는 생각은 금물이라는 조언을 들었어요. 그 조언을 명심했고요. 당신은 그걸 염두에 두고 글을 썼다고 대답했지요. 누군가 당신만큼 — 아니, 당신보다 더! — 똑똑하다는 것. 누군가 지적인 호기심이 넘치고, 독서 습관이 있고, 당신만큼 책을 사랑한다는 것. 소설을 사랑한다고. 그러다 인터넷이 생기면서 실제 독자들의 반응을 접하게 되었고, 그중 당신이 염두에 두었던 독자와 얼마간 비슷한 이들이 있어 기뻤죠. 그런데 다른 부류도 있어서 — 한두 명이 아니라 다 합하면 다수 — 당신의 글을 오독하거나 오해했고, 일부는 정도가 아주 심했어요. 독자가 그 책을 싫어하면 문제지만 그런 정도가 아니었어요. 여느 작가들처럼 당신도 생각지 않은 점들 때문에 비난이나 칭찬을 받기 일쑤였어요. 당신이 표현하지 않았고 표현하고 싶지 않은 것들 때문에, 실제 믿음과 정반대인 것들 때문에 말이죠.

이 모든 것에 아연실색한다고 당신은 말했어요. 왜냐면 팔린 책 한 권 한 권에 대해 기뻐해야 되고, 독자가 수

백만 권 중 당신 책을 선택한 걸 고마워해야 되는 걸 알지만, 솔직히 모든 걸 왜곡하는 독자는 마뜩잖았으니까. 솔직히 독자가 당신 책을 무시하고 다른 책을 읽기 바라는 게 당신 마음이었죠.

하지만 늘 그런 것은 아니지요?

물론 그렇지요. 하지만 과거에는 작가가 알 필요가 없었지요. 문제가 바로 앞에 놓여 있지 않았으니까.

하지만 〈이야기하는 사람이 아니라 이야기 자체를 믿어라〉는 어떤가요, 또 비평가의 임무가 작가로부터 작품을 구원하는 일이라는 건 어떻습니까?

〈비평가〉라고 하니 말인데 로런스는 자신을 비평가로 부를 의도가 없었어요. 난 작가에게서 작품을 구원하는 것은 독자 리뷰라고 보고 싶군요.

음, 여기서 내가 이의를 제기하는 역할을 해도 된다면 이렇게 이야기해 봅시다. 내가 사람들을 저녁 식사에 초대해 근사한 쇠고기 스튜를 대접하자 다들 맛있게 먹고 이렇게 말합니다. 와, 맛있네요. 먹어 본 중 최고의 양고기 스튜인걸요! 그게 어때서요? 손님들이 잘 먹은 게 핵심 아닌가요?

아, 저녁 식사 이야기를 하던 참이었지요? 음, 이렇게 말해 봅시다. 내가 쇠고기라는 어휘를 쓰는데 누군가 양고기로 읽는다면 난 가볍게 받아들이지 않습니다. 책을 접시나 전자 기기나 구두인 듯, 소비자 만족도를 평가할 물건처럼 취급하는 사람들, 그게 엿 같은 골칫거리라고 당신은 말했어요. 포부가 큰 작가들의 책조차 학생들은 작가의 의도가 얼마나 잘 구현되었는가가 아닌, 마음에 드는 종류의 책인가로 평가한다고. 그래서 리포트를 받아 보면 〈난 조이스가 싫다. 자기 자신만 가득하다〉, 〈왜 백인 문제들을 다룬 책을 읽어야 되는지 모르겠다〉라고 적혀 있지요. 독자 리뷰도 불쾌감이 넘쳐 나지요. 독자는 이미 느껴 본 감정을 책이 수긍하지 않으면 — 일치점을, 연관 있는 대목을 책에서 못 찾으면 — 작가가 책을 쓸 자격이 없다는 뜻을 피력하지요. 사람들이 좋아하는, 남에게 권하고 싶은 유쾌한 이야기들 — 독서 클럽 회원이 소설을 읽을 때 그 안에서 누군가 죽으면 좋겠다고 말한 책. 안네 프랑크의 일기는 색다른 사건이 없고 이야기가 뚝 끊긴다는 불평 — 같은 반응에 당신은 웃지 않았어요. 그래요, 작가들을 포함해 많은 사람들이 당신을 까다롭다고 비난할 걸 당신도 알았죠. 누군가 말하겠죠. 결국 예술가가 작품이 망했는지 확실히 파악할 잣대는 모든 사람이 그걸 〈가지고 있는가〉라고. 그런데 사실 당신이 멋대로 읽는 풍조가 만연한 데 절망한 나머지, 생각도 못한 일이 벌어지고 말았어요. 당신은 사람들이 당신의 소설을 읽든 말든 상관하지 않기 시작했어요. 그리고 이런 말을 하면 출판사 사장이 욕할 줄 알지만, 당신은 진짜 좋은 책은 독자가 3천 명 미만이라는 혹자의 말에 동의하고 싶었죠.

「맙소사.」 1번 부인이 말해요.

인터뷰 말미에 당신은 멘토와 강의를 거론하면서 교수와 학생의 연애를 금지하는 새 법규를 힐난했어요.

대학을 안전한 곳으로 만들려는 수작이라니 개똥 같은 소리지. 생각해 봐요, 모두가 **안전**하게 느끼게 하는 걸 최우선으로 삼았다면 인생의 멋진 일은 하나도 생기지 않았을 겁니다. 훌륭한 것들은 다 창작되거나 발견되거나 상상조차 되지 않았을 거라고요. 누가 그런 세상에 살고 싶을까요?

「세상에, 맙소사.」

인터뷰에서 내가 처음 듣는 이야기는 자살 관련 대목이었어요.

술을 몇 잔 마신 참이었지. 난 인터뷰가 게재되기 전에 기사를 보여 달라고 부탁했고 당연히 그러겠다는 대답을 들었지만, 나쁜 놈이 기사를 보내 주지 않았어.

난 1번 부인에게 여학생들이 **디어**라는 호칭을 질색한 일을 말해요. 그녀에게 말하지 않는 것, 또 내가 잊었다가 막 기억난 것은, 인터뷰 당일 당신은 혼란스러웠는데 그 이유를 내게 말했다는 점이에요. 당신은 에이전트가 최종 원고를 읽지도 않고 출판사에 제출했다고 의심했죠.

그 잡지가 망할 거라는 소식을 들으면 좋겠어. 거지 같은 잡지였거든.

「내가 계속 밤잠을 못 이루는 이유는 이거야.」 1번 부인이 말해요. 「자살을 시도했다가 살아난 사람들은 거의 후회한다는 글을 읽은 적이 있어. 뛰어내리는 사람들이 공중에 뛰어들자마자 괜한 짓을 했고 죽기 싫다고 생각하듯이.」

나도 들은 적이 있지만 다른 시대의 다른 이야기였죠. 센강이었나, 강에 몸을 던진 시신들에서 검시관이 알아낸 점이었지요. 사랑 때문에 죽으려는 이들은 물에서 빠져나오려고 안간힘을 썼대요. 재정 문제로 죽으려는 이들은 돌처럼 가라앉았고요.

늙어 가는 것. 그게 가장 힘들었다는 걸 알아요, 유독 당신은 특히 힘들었을 거예요. 당신의 일거수일투족에 매달리고 당신이 노벨상을 받을 수 있다고 믿는 팬들을 거느린 사람이었으니까.

팬들이 우리처럼 멍청하고 열렬한 소녀들이었다고 해도.

그녀와 나는 주위의 이목을 끌기 시작했어요. 두 여자가 음식을 앞에 두고 손을 잡고 냅킨으로 눈가를 찍어내니.

나중에 그녀는 스카이프로 아폴로를 처음 보고 말해요. 「아이고! 그들이 너한테 저런 괴물을 떠안기다니 어쩜 그래. 다들 피하는 천덕꾸러기일 만하네.」

나는 찡그려요. 아폴로를 천덕꾸러기라고 표현하는 걸 참을 수가 없어요. 이렇게 멋진 개를 키우려는 작자가 많이 나설 거라는 내 의견을 듣고 3번 부인이 어깨를 으쓱한 기억이 나요. 강아지라면 그럴지 모르죠.

「왜 그이는 네가 집을 잃을 텐데도 개를 입양하리라 기대했는지 모르겠네.」

「내가 개를 키울 수 없다고 말한 적이 없거나, 그가 듣고도 잊었거나 둘 중 하나겠지.」

「그런데 그가 묻지도 않았잖아. 마치 네게 거부권이 없는 것처럼 설명조차 안 했어. 그이가 무슨 생각으로 그랬는지 짐작도 못 하겠어.」

하지만 난 짐작할 수 있어요. 여러 번 상상해 봤으니까. 당신이 떠올린 많은 문제들 중 개에 대한 항목도 있었겠죠.

다른 자살자가 마지막으로 처리한 일들 중 개를 보호소에 맡긴 것도 포함되었다는 걸 알아요. 그런 작별을 생각하는 것조차 견딜 수 없죠.

당신은 그 내용을 글로 써두지 않았어요. 대개의 자살자들처럼 어떤 글도 안 남겼어요. 또 오래전 작성한 유서의 내용을 전혀 바꾸지 않았고요. 하지만 부인에게 확실히 알려 주었지요.

그녀는 혼자 살아, 파트너나 아이나 반려동물이 없어,

주로 집에서 일하고 동물을 사랑해. 그이가 그렇게 말했어요.

아마 어떤 시점에서 나와 의논할까 고민했겠지요. 어쩌면 그럴 계획까지 세웠을 거예요. 그러다가, 자살은 아무 순간이나 선택하는 경우가 많다더군요. 지금 아니면 영영 못 한다는 생각이 엄습할 때, 앉아서 작별 인사를 적으면 용기가 꺾이는 계기가 될 수 있겠죠. (망설이는 사람은 훌쩍 못 떠나니까요.)

우리가 그런 대화를 — 당신이 죽을 경우 개를 어떻게 할지와 관련해 — 나누었다면, 난 당신이 무슨 생각을 하는지 짐작했겠죠. 적어도 의심은 했겠죠.

1번 부인에게 아폴로의 나이를, 단명하는 견종이라 이미 노년이며 수의사가 2년쯤 더 산다고 예견했다고 전하니 그녀가 이렇게 대꾸해요. 「그게 훨씬 더 고약하네. 강아지라면 나도 이해할 수 있겠어. 그런데 그런 체구의 노견을 너더러 어쩌라는 거야? 개가 병들면 네가 어떻게 보살피겠어?」

끔찍한 암시가 깔린 이 생각을 물론 나도 이미 해봤죠.

그녀가 말해요. 「모르겠네. 이 일 전체가 뭔가 광적으로 느껴져.」

아. 처음 당신의 부고를 받은 후, 나도 걸핏하면 한 발로 광기 속에 사는 기분을 맛봤어요. 처음에는 어디 갔는데 뭘 타고 갔는지, 일을 보려고 집을 나섰는데 어떤 일

인지 통 기억나지 않는 때가 있었어요. 어느 날 학교에 갔는데 강의 노트를 두고 온 거예요. 그게 없으면 수업을 할 수가 없는데도. 병원 진료를 혼동해서 엉뚱한 병원에 가기도 했죠. 왜 학생들이 빤히 쳐다보지? 내가 헛소리를 지껄이거나 5분 전에 한 말을 반복했을까? 아니면 학생들이 빤히 쳐다본다는 건 내 상상에 불과할까?

학과 직원이 보낸 홀마크[2] 위로 카드를 ─ 터무니없이 크고 감동적인 ─ 보고 한 시간 동안 울어요.

아폴로가 살러 온 즈음 그런 사건이 많이 줄었어요. 하지만 비현실적인 안개가 잔뜩 끼었어요. 때로 동화 속에 있는 것 같아요. 퇴거당하면 어떻게 할 거예요? 손 놓고 앉아 기적을 기다릴 수만은 없잖아요? 사람들이 말하면 나는 생각해요. 하지만 그게 내가 기다리는 거거든요!

난 어떤 사람이 시험당하는 이야기 속에 있어요. 이 사람은 도움이 필요한 낯선 누군가를 ─ 사람일 수도 동물일 수도 있죠 ─ 만나요. 돕기를 거부하다간 나중에 중벌을 받아요. 도움이 필요한 이에게 ─ 변장한 부자거나 왕족이거나 권세가 ─ 친절을 베풀면 상을 받고요. 고귀한 신분으로 밝혀진 사람의 사랑을 받는 경우도 허다하죠.

콕토의 영화 「미녀와 야수」[3]를 본 그레타 가르보의 이

───

2 카드, 문구류로 유명한 브랜드.
3 1946년 장 콕토가 연출한 영화로, 디즈니 제작 영화와 동일한 내용이지만 미장센을 살린 표현주의 영화로 꼽힌다.

야기가 맘에 들어요. 그녀는 말미에 마법이 풀리고 야수가 배우 장 마레가 분한 왕자가 되자 비명을 질렀다죠. 내 아름다운 야수를 돌려줘요!

가끔 이런 유의 이야기에 개가 나오죠. 매춘부가 갈증으로 죽어 가는 개에게 물을 먹이는 이슬람교 이야기가 있어요. 이 선행이 신을 기쁘게 해서 여인은 모든 죄를 용서받아 천국에 들도록 허락받아요.

「귀여운 강아지가 아닌 건 아폴로의 잘못이 아니야. 거구인 것도 아폴로의 잘못이 아니지. 또 이상하게 들리겠지만, 내가 아폴로를 건사하지 않으면 나쁜 일을 당할 것 같아. 한 번만 더 다른 집에 가면 많은 문제를 일으킬 수 있으니 결국 안락사당하게 될 거야. 어떻게 그리되게 놔두겠어. 내가 구제할 수밖에 없지.」

1번 부인이 말해요. 「우리가 누구 이야길 하는 건지.」

미친 생각일까요? 난 아폴로에게 잘하면, 이타적으로 처신하고 개를 위해 희생하면, 아폴로를 ― 늙어 가는 아름답고 우수에 찬 아폴로를 ― 사랑하면, 어느 아침 깼을 때 개는 사라지고 죽음의 땅에서 돌아온 당신이 있을 거라고 믿는 걸까요?

관리인 헥터는 집주인에게 나를 신고한 후 마음이 불편해요. 나를 볼 때마다 난감한 표정을 지어요.

그는 말해요. 미안해요, 하지만 알다시피, 알겠지만······.
헥터가 임무를 다할 수밖에 없는 걸 알아요.

착한 개네요, 라고 그가 말해요.

헥터는 머리를 쓰다듬어도 아폴로가 가만히 있자 감동한 것 같아요. 아폴로가 그가 한 일을 알면서도 얌전히 군다고 생각하나 봐요.

갈 곳은 있어요?

아직요, 하지만 곧 나타나겠죠. 난 꾸밀 필요 없이 태평스레 대답해요. 내 삶이 너무 비현실적으로 변해서, 관리 사무소에서 보낸 두 번째 경고장도 보는 둥 마는 둥 던져 버렸어요.

속상하네요, 라고 헥터가 말해요. 정말 멋진 동물인데요. 진심으로 미안해요.

헥터의 잘못이 아닌걸요.

내가 원망하지 않는다는 증거로 크리스마스에는 작년보다 팁을 후하게 줄 참이에요.

아폴로가 마사지를 좋아하는지 그저 참는지 잘 가늠이 안 돼요. 그래도 꾸준히 해줘요. 아폴로를 이쪽으로 눕혀 마사지하고 다음에 저쪽으로 눕히는데 중간에 가슴을 문질러요. 가슴 마사지를 가장 좋아하는 눈치예요. 아폴로가 다리를 건드리는 걸 반기지 않지만 난 장난기가 발동해 계속 만지려 해요.

개가 새집에, 또 나한테 적응했어요. 학교에 가야 될 때 외에는 아폴로를 혼자 두지 않아요. 떨어져 있어도 늘 생각하고 얼른 돌아오고 싶어 안달이 나요. 아폴로는 문간에서 나를 맞지만(계속 문간에 있었을까요?), 기다림이 쉽지 않음을 알려 주는 좌절한 표정이에요. (아폴로의 기억력은 얼마나 좋을까요? 개의 기억력이 뛰어나다는 말이 있으니, 아폴로의 기억력이 아주 좋다면 집에 혼자 갇혀 얼마나 서글펐을까요. 또 — 가슴 찢어지는 생각인데 — 아폴로가 문에서 기다리는 사람이 아직도 **당신**일까요?)

꼬리가 이쪽저쪽으로 움직이니 흔드는 건 확실한데 뚱한 동작이에요. 행복해서 흔드는 게 아니라 거칠게 앞뒤로 움직여요. 그레이트데인은 그런 꼬리 흔들기로 유명해요(꼬리에 상처가 나고 가재도구를 망가뜨리기 다반사여서, 꼬리를 자르기로 결정하는 견주들이 많을 정도죠).

에어 매트리스는 다시 옷장에 넣었어요. 이야기가 끝난 게 아니에요. 아폴로는 다시 나한테 으르렁대지 않았고, 내가 **앉아**, 라고 지시할 때는 두 번 말할 필요가 없어요. 그래도 여전히 침대에 올라오려고 해요, 특히 밤에. (난 에어 매트리스를 개 침대로 가르치려고 애썼지만 소용없었어요.) 수의사의 조언이 있었지만, 아폴로를 침대에 못 올라오게 할 필요성을 모르겠더라고요. 사실 개를 침대에 있게 하는 사람들도 많거든요. 침대 발치에 특수 담요를 펴서 거기서 개를 재우기도 하죠. 아폴로가 침대 발치의 특수 담요에서 웅크리고 자는 토이 푸들이라면 이상할 게 전혀 없을걸요. 사람만 한 개가 베개를 베고 몸을 뻗고 잔다고 다를 게 있을까? 다를 게 있다는 걸 알죠. 이렇게 말해 보죠. 침대에 누워 왜 친구가 죽었을지, 언제 집에서 쫓겨날지 궁리할 때 크고 따뜻한 체구가 내 등을 꾹 누르면 큰 위로를 받아요.

개가 모든 명령을 알아들어요.

힘들고 기나긴 하루를 보낸 — 휴대폰을 잃어버리고, 맥 빠진 강의를 하고, 다시 글을 써보려는 시도는 실패하고 — 밤, 아폴로가 뒤척이면서 침대에서 내려가려고 하면, 나도 모르게 **그냥 있어**, 라고 말해요.

어떤 친구들이 날 피하는 걸 깨달았어요. 가까운 장래에 내가 옷 가방을 들고 아폴로와 자기 집 현관에 나타날까 봐 피한다고 생각할 수밖에 없네요.

종강. 가족에게 이번 크리스마스에 집에 못 간다고 통지해요. 개강까지 방학 한 달간 아폴로와 떨어져 있을 필요가 없어요. 극심한 한파가 닥친 날에도 우린 밖에 나가 걷고 또 걸어요. 우린 추운 날씨를 좋아해요. 겨울의 도시가 좋아요. 평소보다 인도가 널널해요. 멍청히 쳐다보는 행인도 없고. 또 몹시 추우면 아폴로가 쉬려고 멈추지 않는 것 같아요.

건물 관리실에서 마지막 경고장을 보내요. 집주인과 대화해 보면 좋겠다는 생각이 나요. 반드시 집주인이 동정심 없는 몰인정한 인간이라는 법은 없잖아요? 크리스마스 기적이란 것도 있고! 적어도 시간을 달라고 청해 볼 순 있겠죠.

관리인에게 전화해 플로리다에 거주하는 집주인의 전화번호를 물어봐요.

그 번호는 알려 드리지 않습니다, 라고 관리인이 대꾸해요.

열두 명의 작가 — 여섯은 남성, 여섯은 여성 — 가 벽걸이 달력 사진을 촬영하려고 누드로 포즈를 취했대요. 난 작가들이 서명한 한정판을 선주문할 수 있는 권한을 놓치지 말라는 이메일 안내장을 받아요.

토론회에서 누군가 문학계의 품위가 없어졌다고 지적했을 때 당신의 응수가 기억나 깜짝 놀라요. 두고 보시지요, 다음에는 작가의 누드 사진들이 등장할 테니, 라고 당신은 말했지요. 당신은 굳은 표정을 지었지만 그 방에 있던 나머지 사람들은 웃음을 터뜨렸지요.

섣달그믐 밤. 집에서 영화 「아름다운 인생」을 봐요, 처음 보는 건 아니고요. 샴페인을 따지 않아요. 올해 30세 이상 인문학 석사 과정 지원자에게 추천서를 써주고 감사 인사로 받은 샴페인이 있는데도.

내 상황을 가장 동정하는 친구가 간섭하고 나서요. 다음 주, 다양한 사람들에게 전화와 메시지가 쏟아져요. 몇 년간 소식이 끊겼던 사람도 있어요.

그들은 내가 보금자리를 잃는 걸 보고 싶지 않아요. 다들 너무 늦기 전에 내가 정신을 차리길 바라죠. 상실감과 죄책감을 감당할 더 나은 방법이 필요하대요. 사별 후 심리 치료가 필요하다나. 여기 의사 명단이 있어. 약물 치료를 생각해 봐. 각자 효과를 본 방법을 알려 줘요. 책들도 있어요. 웹사이트들도 있고. 지원 집단 목록도 있어요. 물러나서 공상에 빠지면 치유되지 않아. 병적인 슬픔 같은 것도 있어. 병적인 슬픔이라는 묘한 개념은 일종의 치매예요. 내가 그 병에 걸렸다는 게 그들의 집단적인 의견이에요.

별별 선심 쓰는 제안을 하지만 개를 데려가려는 자원자는 없어요.

그때 하고많은 사람들 중 2번 부인이 이런 제의를 해요. 내 어린 손자가 개를 좋아해요. 올라탈 큰 개가 있으면 아주 좋아할 거예요.

그러면 모든 문제가 해결되겠네, 라고 1번 부인이 말해요.

난 당신이 용서하지 않을 거라고 대꾸해요. 2번 부인이 그런 제안을 하다니 의심스럽잖아.

「그게 무슨 뜻이야? 그저 도우려는 의도일 텐데.」

「도와줘? 늘 너를 미워하는 것 못지않게 날 미워하는 여자가? 난 그 여자를 믿지 않아. 그 결혼 생활이 어땠는지 기억해 봐. 온통 분노, 괴로움, 후회로 얼룩졌지. 아폴로가 그 여자 근처에 얼씬거리게 하지 않을 거야.」

여자들은 위험하다, 아무것도 아닌 일을 그만두거나 놓아 버리지 않는다.

1번 부인은 내가 노이로제에 걸린 줄 알아요. 하지만 솔직히 들어 본 이야기죠. 미운 사람이 있으면 그의 힘없는 자녀나 반려동물에게 복수하는 것.

당신이 날 용서하지 않을 거예요.

「대관절 어쩔 셈이야? 손 놓고 앉아 기적을 기다릴 수만은 없어.」

하지만 그걸 기다리고 있는걸요.

part 8

작가들은 원고를 소리 내서 읽어 보라는 조언을 받지요. 평소 난 게을러서 그 조언대로 못 해요. 하지만 요즘은 책상에 오래 앉아 있을 수만 있다면 뭐든 해보려고 해요. 방금 출력한 원고 뭉치를 들고 읽기 시작해요. 뒤에서 아폴로의 기척이 들려요. 녀석은 소파 뒤에서 자다가 몸을 일으켜서 서요. 터벅터벅 책상으로 다가와 (내가 앉아 있으니 눈높이가 같아요) 내가 별난 짓이라도 하는 것처럼 빤히 쳐다봐요. 아니면 오늘 이미 산책을 다녀왔는데 다시 나가고 싶은 걸까요.

페이지의 하단에서 잠시 읽기를 멈추고 생각에 잠겨요. 아폴로가 나를 코로 찔러요. 아주 낮게 한 번 짖어요. 한 걸음 앞으로, 한 걸음 오른쪽으로, 한 걸음 뒤로 가면서 연신 고개를 이리저리 갸우뚱해요. 제 나름대로 뭐야, 라는 표현이죠.

아폴로가 내가 계속 읽기를 바라는구나! 그렇든 아니

든 난 읽어요. 하지만 곧 중단해요.

자기가 쓴 문장을 낭독하면 적절하지 않은 대목, 효과적이지 않은 대목이 들릴 거예요, 라고 조언은 일러 주죠. 난 들어 봐요, 들어요. 적절하지 않은 대목, 효과적이지 않은 대목. **난 들어요.**

문장을 속으로 읽을 때와 차이가 없어요.

책상에 양팔을 올리고 얼굴을 묻어요.

쿡쿡. 왈. 난 고개를 돌려요. 아폴로의 눈빛이 깊고, 짝짝이 귀가 면도날처럼 날카로워 보여요. 개가 내 얼굴을 핥고 다시 차차 스텝을 밟아요. 꼬리를 흔들고, 골백번도 더 했던 생각을 또 해요. 개로 살면 얼마나 난감할까. 인간을 이해시키는 어려움을 끝없이 겪어야 하니.

나는 의자에서 소파로 옮겨 가고 아폴로는 이마를 찡그리면서 지켜봐요. 내가 자리를 잡자 아폴로가 다가와 앞에 앉아요. 둘의 눈길이 마주쳐요. 개들은 우는 사람을 보면 무슨 생각을 할까요? 위로하도록 사육된 동물인지라 사람을 위로하죠. 하지만 개들에게 인간의 불행은 어리둥절할 거예요. 사람은 언제든 접시를 채울 수 있어요, 그것도 원하는 만큼 음식을 담을 수 있죠. 언제든 원할 때 밖에 나가 자유롭게 뛰어다닐 수 있는데 — 계속 주인의 비위를 맞추거나 순종할 필요 없이 — 왜 저럴까?

커피 테이블에 쌓인 책 더미에서 릴케의 『젊은 시인에게 보내는 편지』를 집어요. 수업에서 쓰는 작품이에요.

책을 펼쳐서 소리 내서 읽기 시작해요. 몇 페이지 넘어가자 아폴로는 입을 반쯤 벌리고 웃어요. 다른 개들은 늘 짓는 표정이지만, 아폴로는 드물게 걱정될 때 그런 표정을 짓죠. 내가 계속 낭독하자 아폴로는 바닥에 엎드려서 내 발을 덮고 정강이를 꾹 눌러요. 머리를 제 앞발에 대고 내가 책장을 넘길 때마다 날 쳐다봐요. 목소리의 변화에 맞춰 귀의 위치가 달라져요. 키우던 토끼가 스테레오 스피커 옆에 웅크리고 앉았던 기억이 나요. 하지만 음악을 틀어도 아폴로는 즐기는 것 같지 않았고, 위로가 — 음악도 마사지도 — 되지 않았어요. 그런데 지금은 위로받는 것 같아요.

그래서 계속 읽어요. 한 마디 한 마디 알아듣는 사람에게 읽어 주듯 또박또박, 감정을 실어서. 나 역시 위로를 얻어요. 입안의 운율감이 있는 산문, 다리와 발에 닿는 따뜻한 묵직함.

이 작은 책은 잘 아는 작품이에요. 릴케가 27세에 한 학생에게 조언을 구하는 편지를 받고 보낸 답장이죠. 여덟 번째 서신에 「미녀와 야수」에 대한 그의 유명한 시각이 담겨 있어요. **어쩌면 우리 삶 속의 모든 용들은 공주들입니다. 그들은 우리가 딱 한 번 아름답고 용감하게 행동하는 것을 보려고 기다리지요. 아마도 우리를 두렵게 하는 것은 본질적으로 우리의 사랑을 원하는 무기력한 무엇이겠지요.** 자주 인용되거나 각색되어 쓰이고, 최근에는 영화 「화이트 갓」에도 나온 대목이죠. 무시무시한 것은 죄다 우리의 사랑을 갈구한다.

아이러니를 경계하십시오. 비평을 무시하십시오. 단순한 것을 찾으십시오. 세상의 작고 소박한 것들을 연구하십시오. 어렵다는 이유 때문에라도 어려운 일을 하십시오. 답을 찾지 말고 질문들을 사랑하십시오. 슬픔이나 우울을 회피하지 마십시오, 이것들이 작업에 필요한 조건들일지 모르니. 고독을 추구하십시오. 무엇보다도 고독을 추구하십시오.

나는 릴케의 조언을 자주 읽어서 줄줄 외울 지경이에요.

처음 그 편지들을 읽을 때 — 릴케가 그 원고를 집필하던 나이와 동갑이었죠 — 수신자만 아니라 나한테 썼다고 느꼈어요. 이 멋진 조언이 작가가 되고 싶은 사람 누구에게나 해당된다고 생각했죠.

그런데 이제 글은 어느 때보다 아름답게 다가오지만, 읽으면서 거북해지는 건 어쩔 수 없어요. 내 학생들을 떠올릴 수밖에 없죠. 20세기 첫 10년 무렵 젊은 시인이 이 편지들을 받고 느꼈을 감흥을 내 수강생들은 전혀 못 느껴요. 75년 후 릴케가 쓴 자전 소설 『말테의 수기』와 함께 이 책을 과제로 받았을 때 우리가 느낀 감정을 그들은 못 느껴요. 릴케가 자기들에게 말한다고 느끼지 않죠. 오히려 자기들을 배제한다고 릴케를 비난해요. 그들은 집필이 성직자 같은 헌신을 요구하는 종교라는 걸 거짓말로 폄하해요. 어처구니없다고 말하죠.

난 학생들에게 릴케의 죽음과 관련된 신화를 말해요. 어떻게 그가 장미 가시에 — 릴케는 장미에 집착했고 작품에서 눈에 띄는 상징이었지요 — 손가락을 찔린 후 치명적인 병을 앓았다는 이야기가 나왔는지. 학생들은 탄식하고 한 명은 웃음을 멈추지 못해요.

젊은 작가들이 — 적어도 우리가 아는 이들은 — 릴케의 세계가 영원하리라 믿던 시절이 있었어요. 그 세계가 사라졌다는 데는 학생들의 견해에 나도 동의해요. 하지만 그 나이 때 난 그게 내 생전에 사라지는 건 물론이고 사라질 **수 있다**는 생각조차 못 했죠.

글을 쓰지 않고도 살 수 있다고 느끼는 사람은 글을 쓰면 안 된다는 릴케의 공언은 큰 불안을 안겨 주죠. 그는 학생에게 **가장 조용한 밤 시간에** 내가 글을 **꼭** 써야 되는 사람인가, 라고 자문하라고 말해요. 글쓰기를 금지당하면 죽을까? (레이디 가가가 이 말을 받아들였어요, 적어도 팔뚝에 받아들여서 원어인 독일어로 문신을 새겼지요.)

우린 서로 사랑해야지, 그러지 않으면 죽습니다는 다른 시인[1]이 세상에서 가장 유명해진 시에 쓴 구절이었어요. 하지만 이 「1939년 9월 1일」의 저자는 시가 못마땅했고 진

1 W. H. 오든의 「1939년 9월 1일」.

실성 없는 구절이 걸려서, 시를 선집에 넣기 전에 수정하겠다고 주장했어요. 우리는 서로 사랑하고 **그리고** 죽어야 됩니다. 이후 수정했는데도 여전히 꺼림칙해서 ── 오든이 보기엔 구제 불능이어서 ── 시 전체를 완전히 포기했고요.

이 오든의 일화가 생각나요.

우리가 글쓰기를 인생에서 바랄 수 있는 최선으로 믿던 시절이 있었죠. (**세상에서 가장 훌륭한 소명**. 나탈리아 긴츠부르그.)

당신이 학생들에게, 작가가 되지 않고 살 수 있는 방도가 있으면 어떤 직업이라도 그 일을 해야 한다고 말한 생각이 나네요.

작년 이맘때였어요. 옷장을 치우고 있었죠. 맨 위 선반에서 사진, 기사 스크랩, 서류가 담긴 상자를 꺼냈는데 당신이 보낸 편지들이 있었어요. 이메일이 없던 시절에 얼마나 편지를 많이 받았는지 잊고 지냈죠.

내가 자주 조언을 구했나 봐요.

넌 뭘 써야 되는지 알고 싶지. 뭘 쓰든 시시한 글이 될까 봐, 혹은 이미 나온 것을 변형한 글일지 걱정하지. 하지만 기억해, 네 안에는 너 아닌 다른 사람은 쓰지 못할 책이 적어도 한 권은 있어. 깊이 파고들어 가서 그걸 찾으라고 조언하겠어.

그 역시 우는 여자들을 남겼어요. 하지만 바람둥이의 두 부류 중 확실히 여자를 사랑하는 축에 들었죠. 대화할 수 있는 상대는 여자들뿐이라고 릴케는 말했어요. 그는 오직 여자들을 이해할 수 있고 가까이할 수 있었어요(너무 오래 가까이 있을 필요가 없다만). 또 릴케처럼 여러 여인들에게 사랑과 보호와 용서를 받은 남자는 거의 없죠.

그의 유명한 사랑에 대한 정의가 재등장해요. **고독한 두 사람이 서로 지키고 가까이 있고 반기는 것.**

그게 무슨 의미일까, 라고 어느 학생이 기말 리포트에 써요. 그냥 말뿐이다. 사랑은 실제로 벌어지는 현실의 삶과 무관하다.

학생들의 리포트에 분개하는 적대적인 어조가 자주 나타나요.

실제 삶에서 릴케는 남편 역할을 못 했죠. 결혼 1년 만에 아내를 떠났거든요. 딸에게 아버지 노릇도 못 했어요. 릴케는 유년기의 경험에서 그런 풍요와 의미를 발견했고, 아이들에 대해 아름다운 문구를 많이 썼지만 정작 외동딸을 방치했어요. 그래도 딸은 아버지의 작품과 추억에 인생을 바쳤죠. 그러다 71세에 스스로 목숨을 끊었고요.

릴케는 개들을 사랑해서 바라보고 경계 없는 교감을 나누었어요. 스페인 방문 중 카페 밖에 있는 추레하고 임

신해서 둔중한 떠돌이 개의 눈에서 **고독한 영혼 너머를 캐**
묻고 어디론가 — 미래인지 이해를 지나친 곳인지 — 신이 아
는 곳으로 가는 모든 것을 발견했지요. 그는 커피에 넣는
설탕 덩이를 개에게 먹였고, 함께 미사를 드리는 느낌이
었다고 나중에 썼어요.

릴케의 작품에서 아폴로는 반복해서 나오는 인물이
에요.

책이 짧아 두 시간이면 낭독할 수 있어요. 하지만 곧
아폴로는 아이처럼 꾸벅꾸벅 졸아요. 엄마라면 침대에서
살그머니 빠져나갈 이 순간을 기다리며 책을 읽어 주겠
죠. 나는 빠져나갈 데가 없어요. 아폴로의 체중에 눌려
발이 얼얼해요. 몸을 비틀어 발을 빼니 아폴로가 깨요.
녀석은 일어나지 않고 내 손을 찾아요. 아직 책을 든 손
을 아폴로가 핥아요.

이제 둘 다 일어나 주방으로 가요. 사료를 담고 — 그
럴 때가 됐어요 — 아폴로가 먹는 사이 개를 데리고 나갈
채비를 해요.

개를 사람처럼 여겨서 생긴 일로 넘길 수 있겠지만 다
음 날 이런 상황이 벌어져요. 노트북 컴퓨터를 들고 소파
에 앉아 있는데 아폴로가 다가와 커피 테이블에 놓인 책
들을 킁킁대기 시작해요. 크나우스고르의 신간 문고판

앞에서 입을 벌렸다 닫아요. 아폴로가 망가뜨려서 다시 구입한 책이거든요. 아, **또 그러면** 안 돼! 하지만 내가 책을 낚아채기 전에 아폴로가 책을 내 옆에 내려놓네요.

물론 치료견에 대해 들어 봤죠. 병원, 요양원, 재난 지역 같은 곳에서 고통받는 이들의 아픔을 덜기 위해 위로와 기운을 주도록 훈련된 개들. 오래전부터 그런 개들이 있었고, 감정이나 학습 장애를 가진 어린이들을 돕는 데 자주 동원된다고 해요. 언어와 읽고 쓰는 실력을 향상시키기 위해 학교와 도서관 측은 어린이들이 개에게 글을 읽어 주게 하죠. 개에게 읽어 준 경우가 사람에게 읽어 준 경우보다 실력이 현저히 좋아졌다는 결과가 보고되죠. 많은 개들이 기민함과 호기심을 드러내면서 좋아하는 눈치라네요. 하지만 인간의 낭독이 개에게 주는 혜택에 대한 분석은 도무지 못 찾겠어요.

누군가 아폴로에게 책을 낭독해 준 것 같아요. 자격 있는 치료견 훈련을 받았다는 건 아니고요. (그런 가치 있는 동물이라면 유기견이 되었을까요?) 하지만 누군가 틀림없이 아폴로에게 — 아폴로에게 읽어 주지 않았어도 적어도 개가 있는 자리에서 — 낭독해 주었고, 그 경험이 행복한 기억이라고 난 믿어요. 누구였든 낭독자를 아폴로가 사랑했을 거예요. (당신이었나요? 3번 부인은 모르겠다고 말해요. 아무튼 그녀 앞에서는 아니었다고.) 아니면 전문 치료견은 아니더라도 아폴로가 듣는 걸로 낭독자를 돕는 역할을 맡았고, 잘해 내자 칭찬과 보상을 받았을 거예요. 훈련 지침서에 어떤 일을 하는 게 개들의 본성이라고 나오지만(**권태나 우울감을 보이는 개들에게 과제를 주면 기운을 차리는 경우가 많다**), 사람들은 과제를 — 주더라도 — 충분히 주지 않지요.

혹은 아폴로가 천재여서 나와 책에 대해 파악했나 봐요. 어쩌면 내가 기분이 저조할 때는 책에 몰두하는 게 최선의 방책인 걸 알죠. 뛰어난 후각 덕분에 그걸 파악하는 거고요. 연구 결과를 보면 개는 암을 감지하는 후각을 가졌어요. 그러니 스트레스를 줄이거나, 정신적인 자극이나 기쁨으로 생기는 변화를 감지한다고 해도 놀랄 게 없죠. 어떤 개들은 사람의 발작을 예측할 수 있다는 사실이 밝혀졌으니, 누군가 우울에 빠질 걸 예상한대도 이상할 게 있나요?

사실 아폴로랑 사는 기간이 길어질수록 심통 맞은 수의사가 옳았다고 믿게 돼요. 인간은 개의 뇌가 어떻게 작용하는지 모르는 게 더 많지요. 인간이 개들을 아는 것보다 개들이 무언의, 알지 못할 방식으로 인간을 더 잘 안다고 해도 무방하겠죠. 아무튼 이런 이미지가 떠올라요. 절망감에 휩싸인 순간, 작은 브랜디 병을 입에 물고 눈 속을 달려오는 세인트버나드[2]처럼 아폴로가 책을 가져

2 인명 구조견으로 유명한 견종.

오는 이미지.

세인트버나드가 진짜 그러는지 모르겠지만요.

예전이었다면 난 릴케가 젊은 시인에게 쓴 편지를 개에게 낭독하다니 정신 이상 징후로 치부했을 거예요.

낭독을 일과에 넣기로 결정해요. 하지만 남들이 어떻게 생각할지 아니까 아무에게도 말하지 않아요. 하긴 이 글에도 내가 아무에게도 말하지 않은 일들이 제법 있지요.

글을 쓰다 보면 고백하게 되니 이상한 일이죠.

어물쩍 거짓말로 둘러대는 때도 있지만.

릴케처럼 플래너리 오코너도 모르는 이들의 편지에 느닷없이 답장을 썼어요. 오코너 사후에 출간된 서간집에서 수신자가 익명으로 남기를 요청했기에 A.로 표기되었어요. 그녀가 32세 때 오코너는 두 살 연하인데도 멘토 역할을 맡았지요. 9년에 걸쳐 A.에게 보낸 편지에는 문학, 종교, 작가와 가톨릭교회 신자인 것의 의미와 관련된 이야기가 넘쳐 나요. 오코너는 소설 집필에 대해 자유롭게 말하고, A.가 소설 원고의 일부를 보내자 격려하는 답장을 하죠. 어떤 스토리를 〈거의 완벽하다〉고 평가하면서 A.가 줄거리를 쓰는 재능을 가졌다고 말해요. A.가 막혀서 나가지 못하는 기미를 보이자 오코너는 얼른 악령을 탓해요. 독실한 가톨릭 신자인 그녀에게 악령은 상징이 아니라 실제 악령을 뜻하죠.

시간이 흐르면서 두 여성은 만날 약속을 하지만 자주 만나지는 않아요. 한편 편지로 우정이 두터워지고 서로 친밀해져서, 오코너는 A.를 〈입양한 친척〉으로 부르기도 하죠. A.가 가톨릭에 입교하기로 결정하자 오코너는 대모가 되어 주기로 해요.

하지만 결국 악령이 이겼죠. A.가 신앙심을 잃거든요. 교회를 떠나죠. A.는 몇 가지 장르의 작품을 쓰지만 출간하지 못해요. 오코너가 39세에 루푸스로 사망하고 34년 후, 베티로 알려진 헤이즐 엘리자베스 헤스터는 75세의 나이에 권총 자살로 생을 마감해요.

오코너가 내 멘토였다면, 내게 편지를 보내 주었다면 난 이 질문을 했을 거예요. 인생에서 어떤 일을 할지 결정해야 된다면 가장 희생이 큰 일을 하라는 시몬 베유의 말이 정확히 무슨 뜻인지.

어렵다는 이유로 어려운 일을 해라. 가장 희생이 큰 일을 해라. 어떤 사람들이었기에 이런 말을 할까요?

글쓰기가 고역이 **아니라면** 할 가치가 없을 것이다, 라고 오코너는 말해요.

그러면 버지니아 울프에게 눈을 돌려 보죠. 그녀는 감

정을 언어에 담으면 **고통이 없어진다**, 라고 말했어요. 장면을 제대로 설정하는 것, 인물의 성격을 제대로 만드는 것, 그보다 큰 기쁨은 없다, 라고 말했죠.

————

새 학기 첫 교수 회의. 학생들에게 휴대폰으로 과제인 책을 읽는 걸 허용할지 의논해요. 다수는 확고해요. 다른 전자 기기는 괜찮지만 휴대폰은 안 된다. 하지만 그게 합리적인가, 라고 O. P.가 항변해요. 지금 우린 화면의 크기를 따지는가. 문고판을 읽으면 안 된다는 말과 같지 않나? 아니, 그건 다르지요, 라고 다들 말해요. 15분이 지났는데도 아무도 정확한 이유를 설명 못 하고 있어요.

면담 시간. A 학생이 필수 읽기 과목이 너무 여럿이라고 불평해요. 다른 사람의 글을 읽고 싶지 않고, 내 글을 남들이 읽어 주면 좋겠어요. B 학생은 읽기 과제 목록에 판매가 부진했거나 현재 절판된 책들이 너무 많다고 지적해요. 더 성공한 작가들의 책을 공부해야 되지 않나요?

이런 일이 비일비재해요. 난 예전 제자의 출산 소식을 들어요. 그녀는 쓰던 원고를 접어야 해요. 아기를 좀 키우고 다시 집필을 시작하면 된다고 말해요. 그러다가 아기가 좀 크면 ─ 보통은 두 돌쯤 ─ 다시 임신하겠죠.

전단이 계속 날아와요. 여러 활동과 글쓰기를 짝지어 공부할 기회를 광고해요. 글쓰기와 식도락, 글쓰기와 와인 시음, 글쓰기와 산행, 글쓰기와 크루즈 여행, 글쓰기와 체중 감량, 글쓰기와 중독 치료를 할 수 있습니다. 글쓰기를 하면서 뜨개질, 요리, 제빵, 프랑스어나 이탈리아어 등을 배우세요. 오늘은 문학 페스티벌 홍보지도 받아요. 글쓰기와 휴식을 동시에 하지 말라는 법이 있나요? 완벽한 휴양지를 즐기세요. 글쓰기 워크숍과 스파 휴식. (매니-패티 큐어 스토리네, 라고 O. P.가 빈정대죠.)

서점에서. 작년에 출판된 친구의 신간이 이제 페이퍼백[3]으로 나왔어요. 아직 그 책을 구입하지 않은 건 물론 출간 사실조차 잊은 걸 깨닫고 민망했어요.

안과에서. 검은 염색 머리와 똑같이 검은색 가죽 재킷을 걸친 중년 여성이 대기실로 들어와요. 낯익다 싶은데, 그녀의 토트백에 〈뉴욕 타임스 리뷰 오브 북스〉 로고가 있자 아하! 하고 외쳐요. 그녀는 자리에 앉더니 책을 ─ 『런던 리뷰 오브 북스』─ 꺼내요.

학계에 유행하는 우스개. A 교수: 그 책을 읽어 봤어

---

3 종이 표지를 씌운 판본. 양장본과 페이퍼백, 두 가지로 출간되는 경우가 많다.

요? B 교수: 읽어요? 아직 그 책에 대해 가르치지 않았는데요?

교수 클럽에서. 다른 교수와 진을 마시면서 농담을 하며 웃어요. 학교 사격 대회가 열리면 학생들 중 누구를 쏠지, 누구를 쏘지 않을지.

모니터의 스크롤을 내릴 때 가끔 배너가, 어떤 때는 우측 창이나 대기 중에 놀라운 일이 벌어져요. 제임스 패터슨. 세계에서 손꼽히는 베스트셀러 작가인 제임스 패터슨, 『뉴욕 타임스』 베스트셀러 목록 1위에 스무 번 이상 오른 작가. 성공한 만큼이나 겸손한 그는 누구에게나 똑같이 성공이 손에 닿을 거리에 있다고 믿죠. 적어도 30일 내 환불 보장으로 스물두 개의 비디오 강의를 들을 90달러가 있는 사람이라면. **이 글을 읽는 걸 중단하고 글을 쓰기 시작하세요.** 순수입 7억 달러 이상인 (지금쯤 그 이상) 세계에서 가장 부유한 작가들에 드는 제임스 패터슨. **문장 말고 스토리에 집중하세요.** 그의 이미지: 친절하고 여유 있는 장년. 안경을 쓰고 진청색 스웨터를 입은 평범한 남성. **백지를 무찌르세요!** 가끔 줄 쳐진 종이에 (컴퓨터가 아니라) 글을 쓰는 게 보이고. **뭘 기다리시나요? 당신도 베스트셀러를 쓸 수 있습니다.** 제임스 패터슨. 항상 튀어나와 재촉하고 달래고 세상을 얻는다고 장담하죠. 악마처럼.

장난해, 라고 친구가 대꾸해요. 그녀는 북부 뉴욕주의 농장에서 염소를 키우고 염소 젖 치즈로 상도 받았어요. 라이터스 블록을 겪은 게 가장 좋은 일이었다는 사람이죠.

당신의 기일. 행사를 하고 싶은데 어떻게 할지 모르겠네요. 다시 온라인에 접속해 당신의 낭독 비디오를 봐요. 아폴로가 화면에 반응하는 걸 본 적 없고, 텔레비전 화면도 마찬가지예요. (화면의 이미지에 초점을 못 맞추는 듯해요. 다른 개 이미지도 마찬가지고.) 소리가 나면 아폴로가 당신 목소리를 알아들을 것도 같아요. 확인하지 않는 이유는 잔인한 짓이기 때문이죠. 이제 아폴로는 내 개겠지만 (**나의 개!**) 당신을 잊지 않았을 거예요. 당신 목소리를 들으면 개가 어떻게 되겠어요? 아폴로가 어떻게 이해할 수 있겠어요? 당신이 거기 갇혀 있다고 생각하면 어떡해요?

주디 갈런드[4]의 자녀들이 「오즈의 마법사」를 처음 봤을 때의 일화가 있어요. 당시 그녀는 집을 떠나 해외에서 촬영 중이었는데, 자녀들이 보모와 앉아서 텔레비전으로 그 영화를 봤어요. 주디가 출연 당시보다 훨씬 나이 들었지만, 자녀들은 어머니를 알아봤죠. 화면에 어머니가 있는 거예요! 날아다니는 원숭이들이 엄마를 마녀에게 데

---

4 영화「오즈의 마법사」의 주인공 아역 배우 출신의 미국 배우.

려가다니! 아이들은 참을 수 없이 감정에 복받쳐 눈물을 흘렸죠.

우체국에서. 젊은 여성이 얼루기 개를 데리고 들어와서 줄을 서요. 카운터 뒤의 직원이 말해요. 여기는 개 출입 금지 구역입니다, 손님. 도우미견[5]인데요, 라고 여성이 쏘아붙이자 직원은 조심스럽게 반응해요. 그냥 물어본 겁니다. 배지나 그런 게 보이지 않아서요. 젊은 여성 앞에 서 있던 손님이 몸을 돌려서 그녀를 보고 개를 보더니 머리를 저으면서 다시 몸을 돌려요. 젊은 여성이 꼿꼿하게 서요. 그녀가 모두에게 강렬한 눈빛을 던져요. 네깟 것들이 뭐라고. 이 개는 내 감정을 지지해 주는 동반자거든. **감히 네깟 것들이 개가 여기 있을 권리를 따지다니.**
이 별난 광경을 더욱 별나게 만드는 것은, 개가 뒷다리 하나가 없다는 사실이에요.

아폴로가 자는 모습을 지켜봐요. 평온하게 옆구리 살이 오르내려요. 배가 불룩하고 따뜻한 몸은 보송보송해요. 오늘 6.5킬로미터나 산책했어요. 평소처럼 아폴로가 도로에서 일을 보려고 웅크리면 내가 지나가는 차들을 막아 주었어요. 공원에서 누군가 휴대폰으로 메시지를 보내면서 우리 쪽으로 뛰어오자, 아폴로가 짖으면서 그

5 service dog. 장애인과 환자를 보조하도록 훈련된 개.

171

와 내가 부딪치기 전에 막아 주었어요. 오늘 아폴로와 예닐곱 차례나 줄다리기를 하고, 말을 걸고 노래를 해주고 시 몇 편을 읽어 주었어요. 손톱을 다듬고 털을 일일이 빗겨 주었고요. 이제 아폴로가 자는 걸 보니 만족감이 밀려와요. 더 깊은 감정이, 독특하고 신비하면서도 아주 익숙한 감정이 이어져요. 그 감정에 이름을 붙이는 데 왜 꼬박 1분이나 걸리는지 모르겠네요.

우리가, 아폴로와 내가 서로 보호하고 가까이하고 맞아 주는 두 고독한 이들이[6] 아니면 뭘까요?

상황이 안정되면 좋겠어요. 기적이 일어나든 아니든, 무슨 일이 생겨도 우릴 갈라놓지 못할 거예요.

6 릴케의 어구 인용.

part 9

내가 아는 사람은 다 책을 쓰고 있어요, 라고 상담 의사는 묻지도 않은 말을 해요. 작가들을 많이 만나는데, 라이터스 블록이 상당히 흔하지요.

하지만 난 라이터스 블록에 대해 이야기하러 간 게 아니거든요. 내 길을 가고 싶어 조바심이 나지 않는다면 설명할 텐데. 흔히 작가는 집필 중인 주제와 같은 주제로 누군가 대형 출판사에서 번듯한 작품을 내면 절망하죠. 그런데 나는 마음이 놓였어요. (흠, 그러면 알겠습니다, 라고 편집자가 대답했고 안도하는 말투였어요. 책임에서 해방되신 것 같네요.)

의사는 이야기를 끌어내려고 연말 휴가를 어떻게 지냈느냐고 물어요. 내가 대답하자 그는 부드럽게 말하죠 (그는 모든 것을 부드럽게 말해요). 상실감이 그런 식으로 영향을 미친 것 같네요, 남들과 같이 있고 싶지 않도록.

남들과 같이 있는 게 싫다, 그런 말이 아니에요. 남들과 같이 있기가 두렵죠.

하지만 사실을 말하자면, 아폴로를 두고 갈 걱정이 없었더라도 난 혼자 있고 싶었을 거예요.

최근에 읽은 글에서 저자는, 초년에 어떤 갈망을 가졌든 이런저런 이유로 남들처럼 살기 싫은 이들을 떠돌이로 불러요. 이들은 진지한 관계를 맺고 다양한 친구들을 사귈 수도 있어요. 긴 시간을 남들과 어울릴 수도 있어요. 하지만 결혼하지 않고 자녀를 갖지 않아요. 명절에 가족이나 다른 집단과 합류하기는 해요. 해마다 이렇게 지내다가 마침내 혼자 집에 있고 싶다고 인정하게 되죠.

하지만 선생님은 그런 사람들을 많이 보시겠네요, 라고 내가 상담 의사에게 말해요.

사실 그렇지 않습니다, 라고 그가 대답하죠.

여기서 잠깐 과거 일을 되살려 보죠. 대학 2년간 난 커플 상담사 밑에서 일하고 용돈을 벌었어요. 상담 녹취록을 타이핑하는 일이었죠. 내담자들의 치료를 도우려는 것이 아니라 상담자가 책을 쓸 계획이라서 한 일이었죠. 커플들은 주로 중년이었고 모두 부부였어요. (상담사는 **결혼 카운슬러**가 구식 용어라며 꺼렸어요.)

녹음 테이프를 들으면 심란했어요. 상담사가 어떻게 그 일을 견디는지 의아했던 기억이 나요. 상담해도 서로

174

의 차이를 받아들이지 못하고 이혼으로 끝나기 일쑤라는 걸 알자 특히 궁금해졌죠. 하지만 때로 상대를 놓아주도록 돕는 게 핵심이라고 상담사가 말하더군요.

상담사는 눈부시게 매혹적이고 큰 키에 날씬했고, 화려한 패션 감각을 선보였어요(굽 높은 부츠, 허리를 묶는 스웨터 드레스를 입었죠). 40세에 이혼을 두 번 경험한 여성이었죠. 내가 아는 한 내담자들은 그녀의 사생활을 몰랐지만, 난 그녀의 결혼 이력을 알면 내담자들이 망설일 거라고 의심했죠. 또 톨스토이가 불행한 가족에 대해 뭐라고 했든, 불행한 커플들도 똑같은 식으로 불행하다고 생각한 기억도 나요.

모든 남편이 외도를 들키거나 의심받았어요. (상담 중 남자가 부정한 짓을 저질렀다고 실토한 경우들도 있었고, 상담 중 남자가 다른 사람을 — 남성 — 사랑한다고 아내에게 고백한 적도 있어요.)

일반적으로 여성들은 상대가 원하지 않는다고, 인정해 주지 않는다고, 잘 들어 주지 않는다고 — 마지막이 최악이죠 — 불평했어요.

남편들은 아내를 그림 형제의 어부의 아내와 똑같이 봤죠. 잔소리 바가지에 만족을 모르는 여편네.

난 남녀에게 같은 단어가 늘 같은 의미는 아니라는 증거를 반복해서 접했어요. 늘 똑같은 어휘들이 등장했고 난 그것들을 타자했어요. 사랑, 섹스, 결혼, 경청, 필요,

도움, 지지, 신뢰, 동등, 공평, 존중, 보살핌, 나눔, 갈망, 돈, 일. 그 어휘들을 타자했고, 부부의 말을 들으면서 같은 어휘도 남편에게는 이런 뜻인데 부인에게는 저런 뜻임을 알 수 있었죠. 몇몇 남자는 혼외정사를 정의할 때 **간통**이라고 표현하는 데 반대했어요. 간통은 습관적으로 그 일을 하는 거죠, 라고 주장한 사람이 있었죠. 그이는 날 돕지 않아요, 라고 어떤 부인이 말했어요. 그러자 남편은 바로 지난주에 아내를 위해 한 일들을 쭉 읊었어요. 나는 **돕는** 걸 말한 거예요! 부인이 빽 소리쳤어요. **돕는** 걸 말했다고요!

또 모든 상담 녹음을 들으면서 파악한 것은, 상대에 따라 상담자의 억양이 살짝 바뀐다는 사실이었어요. 미세하지만 늘 그랬어요. 설명하기는 어려운데 어조 같은 게 달랐어요. 어쩌면 내 상상일 거예요. 하지만 그녀가 남편들 편을 더 들었다고 말할 수 있죠.

의사가 한 시간 동안 상담하려고 했다는 걸 안타깝게도 난 몰라요. 아폴로를 밖에 묶어 뒀다고 말하니, 그는 다음에는 데리고 들어오시지 그래요, 라고 대꾸하죠.

다음에요?

그게 타협안이에요. 의사는 내게 원하는 걸 주고, 보답으로 나더러 다시 오라는 거죠.

적어도 두어 차례 더 오시죠, 라고 그가 말해요.

아폴로를 옆에 두고 상담실에 앉아 있자니 웃지 않을수가 없네요. 둘이 커플 상담을 받으러 온 것 같아요.

사이가 좋다는 것만 다르죠.

한번은 길에서 어떤 여자가 우리 옆을 지나다 이런 말을 했어요. 개 같은 남편보다 차라리 개가 남편으로 더 낫다고 난 항상 말하죠.

항상요?

20대 시절, 보와 산책하러 나가면 가끔 남자들이 상스러운 말을 지껄였어요. 그 개가 아가씨 애인인가? 그 개랑 자나? 그 개랑 자슈, 아가씨? 개한테 날 잡아 잡수 할 것 같은데.

거리에서 다른 여자가 아폴로를 섹시하다면서 내가 샘난다고 말할 때면 불편해요. 운도 좋지, 복이 터졌네, 라고 여자가 말해요.

증서가 도착하자 나는 아폴로의 코밑에 들이밀고 나서 냉장고 문에 자석으로 붙여요.

네가 사기를 친다는 걸 알아 두셔, 라고 1번 부인이 말해요.

평범한 ― 어떤 경우는 이국적인 ― 반려동물을 도우미 동물로 사칭하는 사람들이 많아져서, 정말 동물의 도움이 필요한 이들이 분개할 만하다는 걸 알아요. 도우미 동물을 핑계로 대학 기숙사에 스컹크가 살고, 레스토랑에 이구아나가 들어오고, 비행기에 돼지가 탄대요. 난 아폴로를 평소 출입 금지인 곳에 동반하지 않겠노라 다짐해요. 증서 사본을 아파트 관리실에 보내고, 원본과 전국 도우미 동물 등록 협회에서 온 배지는 집에 놔둘 거예요.

상담 의사는 진단서를 흔쾌히 써주었어요. 내가 사별로 인한 우울증과 불안증을 앓으며, 정신 건강을 해치고 생명의 위협까지 일으킬 상실감을 개가 감정적으로 지지해 준다는 내용이었죠.

1번 부인은 이걸 우스워해요. 사실 이 경우 견디기 힘든 건 동물이고 사람이 개의 감정을 지지하잖아.

이제 나는 말을 해야 해요. 다른 건 몰라도 말하기 싫은 이유의 경우 설명해야 해요. 사실은 이거죠. 난 당신에 대해 말하기 싫고, 남들에게 당신 이야기를 듣기도 싫어요.

비트겐슈타인[1]이 말할 수 없음과 침묵의 필요성에 대해 한 말을 인용하고 싶네요. 문맥을 무시하고 철학자들의 말을 인용하지 말라고 당신은 수업 시간에 당부하면서 철학적 주장은 **속담**이 아닙니다, 라고 말했죠.

여기서 잠깐 비트겐슈타인의 놀라운 점을 말할게요. 네 형제 중 셋이 스스로 생을 마감하자, 그 역시 목숨을 끊을 생각을 자주 했어요. 카프카처럼 비트겐슈타인은

1 오스트리아 출신의 분석 철학자.

불치병을 진단받자 안도했지만, 그가 임종하면서 한 말은 조지 베일리[2]를 연상시키죠. 멋진 인생을 살았다고 사람들에게 전해 주시오!

아폴로에게 말을 거냐고 의사가 물어요. 아, 네. 유대감 강화를 위해 개에게 말을 걸라고 추천한대요. 이것은 자연스럽게 되는 일 같아요. (요즘은 전자 기기에 관심을 쏟느라 개에게 말을 거는 빈도가 점점 주는 것 같지만.)

모르는 여자가 반려견 퍼그와 흥분해서 대화하는 광경을 본 적이 있어요. 이번에도 다 **내** 잘못인 것 같아, 그렇지? 맹세컨대 그 말을 듣고 퍼그가 눈을 굴렸어요.

그래요, 난 아폴로에게 말을 걸어요. 하지만 당신 이야기는 아니에요. 이건 확실해요. 아폴로에게 말할 필요가 없어요. (**누구나 아는 것처럼 세상에서 가장 애도하는 것은 개들이다.** 조이 윌리엄스.[3])

하지만 친지가 자살했다는 공통점만으로 서로 공감하지는 못해요. 라디오 앞에 앉아 자살로 인한 상실감을 다룬 프로그램을 꼬박 들은 적이 있어요. 진행자가 청취자들에게 전화해서 코멘트해 달라고 요청했어요. 늘 똑같은 말로 던지는 돌들이 날아들었어요. 죄악, 악의, 비겁, 복수, 무책임. 속이 뒤틀렸어요. 자살은 그르다는 주장을

---

2 필립 반 도렌 스턴의 단편을 거장 감독 프랭크 캐프라가 영화화한 「멋진 인생」의 주인공.
3 미국 소설가.

의심하는 사람이 없었어요. 자살할 권리는 아예 존재하지도 않았고요. 자살은 이기심과 자기 연민으로 꽉 찬 괴물이죠. 고귀한 선물인 생명을 그렇게 배은망덕하게 내치다니. 또 자살자들은 자신을 증오했겠지만, 자살이 망친 것은 자신만이 아니라 남은 친지들이었죠.

이런 말은 도움이 되지 않았어요.

하지만 작년에 읽은 자살 관련 서적 열댓 권도 도움이 안 되긴 매일반이었죠. 흥미로운 점을 배우긴 했어요. 예컨대 어떤 고대 현자들은, 자발적인 죽음이 일반적으로는 비난받을지언정 도덕적으로는 용납된다고 봤어요. 심지어 견딜 수 없는 고통, 우울이나 굴욕감에서 — 혹은 단순한 권태에서 — 벗어나는 명예로운 일로 볼 수도 있다고 했지요. 이후 사상가들은, 기독교가 자살을 엄금하지만(그런데 성서 어디에도 명백하게 비난하는 구절이 없어요), 예수 스스로 저지른 일이라고도 볼 수 있다고 주장했죠. 또 18세기 서구 국가들에서 자살 유서의 분량이 정점을 찍었지요. 신문의 공식 발표 옆에 자살 소식이 게재되기 다반사였죠.

또 반전도 있어요. 일인칭 화법으로 쓴 글은 자살 위험 징후로 알려졌어요.

도움이 됐던 것. 오래전, 잡지사 동료 여성의 말. 갓 결혼한 새댁인 그녀를 느닷없이 신랑이 미망인으로 만들었어요. 어느 날 둘이 미래를 계획했는데 다음 날 그이가 없어져 버렸죠, 라고 그녀는 말했어요. 처음에 난 어떻게 하든 남편을 이해해야 될 빚이 있다고 생각했어요. 그러다가 이게 틀렸다고 믿게 됐어요. 그이는 침묵을 선택했어요. 그의 죽음은 미스터리였어요. 결국 난 그가 침묵하게 두기로 결정했어요. 그의 미스터리로 남기기로.

난 한 발을 광기 속에, 왜곡된 현실 속에 넣고 사는 기분에 대해 말해요. 어떤 순간에 안개가 내려서 기억 상실증처럼 불안감을 일으키죠. (내가 이 강의실에서 뭘 하고 있지? 어라, 거울 속 내 얼굴이 왜 저리 이상하지? 내가 그걸 썼던가? 어떤 의미였을까?)

자도 자도 피곤하다고 말해요. 몇 차례 물건에 부딪히거나 뭔가 떨어뜨리거나 발에 걸렸다고. 보도에서 도로로 내려서려 해서 누군가 당기지 않았으면 달려오는 차에 치일 뻔했던 일. 아무것도 안 먹은 날들, 먹어도 인스턴트 푸드만 먹는 날들. 괴상한 두려움. 가스가 새서 건물이 폭발하면 어쩌지? 물건을 잃거나 잘못 두기. 공과금 납기일 잊기.

전부 사별 징후입니다, 라고 묻지도 않았는데 의사가 말해요. 빤한 이야기만 늘어놓는 의사죠.

그런데 있지, 아폴로. 네댓 번 상담을 받은 후 정말 기분이 조금 나아지기 시작하나 봐.

비젠슈타인과 관련된 다른 이야기. 1946년 케임브리지에서 비트겐슈타인의 강의를 들은 물리학자 프리먼 다이슨이 전하기를, 강의실에 여성이 나타나면 비트겐슈타인은 그녀가 전갈을 알리고 나갈 때까지 말을 하지 않았대요.

내가 나날이 점점 멍청해지는군, 이라고 철학자가 연신 중얼대는 소리를 다이슨이 들었지요.

아무튼 여성에 대해서는 그랬죠.

위대한 남성 정신을 과신하고 싶어지면 기억하세요. 그게 고양이를 보고 신들이라고 천명했죠. 그게 여성들을 보면서 저들이 인간인가, 라고 물었고요. 그 난제가 해결되자 그것은 물었지요. 그런데 저들이 영혼을 가졌나?

내 감정을 말할 수 없는 건 아니에요. 아주 간단해요. 당신이 그리워요. 매일 당신이 그리워요. 당신이 너무너무 그리워요.

또 잠깐만요, 이번에는 **비트겐슈타인**이 〈멋진 인생〉이라고 말한 게 무슨 뜻이었을지 따져 보죠.

또 그의 누이 그레텔도 생각해 보고. 세 남자 형제와 남편이 자살했으니.

처음 소식을 들은 후 그 섬뜩한 순간들에 대해 상담 의사에게 말해요. 처음에는 착오라고 믿었어요. 당신이 없어지긴 했지만 죽지는 않았다고. 그냥 실종된 거라고. 당신이 우리에게 소름 끼치는 유치한 장난을 하기로 결정했다고 믿었죠. 당신은 사라졌지만 죽지 않았어요. 돌아올 수 있다는 뜻이죠. 당신이 돌아올 수 있고, 당신은 돌아올 수 있으면 당연히 그럴 거예요. 몇 년 전 내가 잠시 경험한 것처럼. 당시 난 스트레스나 피로, 이상한 단계를 겪느라 그런다고 생각했죠. 일단 골칫거리가 지나가면 다 되돌아올 거라고 믿었어요.

나중에 걸핏하면 어떤 장면을, 영화 「후디니」[4]의 마지막 장면을 떠올렸어요. 10대 때 텔레비전에서 본 토니 커티스가 출연한 1950년대 영화를 말하는 거예요. 극적인 탈출 마술로 세계적으로 유명해진 후디니는, 발을 족쇄로 묶고 거꾸로 수조에 잠겨 탈출을 시도하다가 죽어요. 이전에 물이 차오르는 방에서 탈출하는 데 성공했지만, 이번에는 관객들이 모르는 사실이 있지요. 그는 맹장 파열로 통증에 시달리고 기운이 없었어요.

죽어 가면서 마술의 거장은 아내에게 약속해요. 어떤 방법이라도 있으면 내가 돌아올게, 라고.

영화를 볼 때 이 장면에서 소름이 돋았고, 지금도 감동받아요.

4 헝가리 태생의 불세출의 마술사.

실제로 후디니는 병원 침상에서 죽었고 그의 마지막 말은 **싸움이 진절머리 나였다**는 걸 알지만요.

다른 기억을 끌어내요. 이번에는 내가 훨씬 어려요. 아이죠. 친구네서 생일 파티가 열려요. 커다란 슬레이트 회색 빅토리아식 집이 으스스한 성으로 보여요. 숨바꼭질. 내가 술래예요. 수를 다 세고 눈을 가린 손을 내려요. 겨울의 늦은 오후, 놀이를 위해 전등을 다 껐어요. 방금 전만 해도 환하고 떠들썩한 분위기였던 집이 이제 무덤이에요.

맨 먼저 숨은 곳에서 나와 살핀 애들이 카펫에 얼굴을 박고 대자로 뻗은 나를 발견했다고 들었어요.

지나치게 흥분했고 아이스크림과 케이크를 과식해서지. 어른들의 추측은 틀렸어요. 어른들은 늘 아이들의 문제를 틀리게 가늠하죠. 난 뼛속까지 겁먹고 뭐라고 말해야 될지 몰라, 어른들을 깨우쳐 줄 엄두도 못 냈고요. 하지만 잊지 않았어요. 진부한 **쥐 죽은 듯 조용하다**는 표현이 순식간에 모든 걸 불러낼 수 있다는 걸.

그 전해에 할아버지가 사라졌어요. 얼마 후 초등학교 교장 선생님이 사라졌죠. 이 사라지는 현상을 설명하는 말이 별로 신빙성이 없었어요. 하지만 뭔가 나쁜 일이, 말을 하면 안 되고 입 다물어야 되는 일이 결부된 것만은 확실했죠.

공포가 내려앉았어요. 다른 애들이 숨은 게 아니었어요, 다 없어졌어요. 그 똑같은 어둠 속으로 사라져 다시는 돌아오지 않을 터였죠. 나만 — 술래 — 남았어요. 혼자, 혼자, 혼자서. 눈앞에서 방이 헤엄을 쳤어요. 난 토하고 기절했어요.

지금 막 기억나네요. 그레텔 비트겐슈타인의 시아버지도 스스로 목숨을 끊었다죠.

당신 꿈을 꾸는지?

난 충실하게 꿈을 묘사해요. 깊은 눈밭을 헤치면서 저 앞에 있는 누군가를 따라잡으려고 버둥대요. 짙은 색 코트를 걸친 그 형체는 큰 흰 담요에 싸인 삼각형 눈물 모양이에요. 내가 당신 이름을 불러요. 당신이 돌아보더니 양팔로 신호를 보내기 시작해요. 그런데 난 알아듣지 못해요. 당신이 얼른 오라고 부르는지, 멈추고 돌아가라는 건지? 불확실해서 괴로워요. 꿈이 끝나요. 나는 (말도 안 되는 이유로 사과하는 말투로) 적어도 기억하는 건 그게 다예요, 라고 말해요.

당신을 보는 순간들도 털어놔요. 그때마다 마음이 출렁거려요. 하지만 왜 당신이라고 착각한 사람은, 당신이 세상을 떠날 때 나이가 아니라 다른 시기의 당신을 닮았을까요? 한번은 캠퍼스에서, 우리가 처음 만나던 시절의 당신과 꼭 닮은 사람을 보고 기뻐서 소리칠 뻔했어요.

　

불쑥불쑥 분노가 치민다고 고백해요. 러시아워가 한창일 때 양방향에서 행인들이 밀려다니는 미드타운[5]을 걷다가 나도 모르게 죽이고 싶은 욕구가 끓어올라요. 이 지긋지긋한 인간들은 누구야. 이게 어떻게 공평해, 어떻게 가능하지? 평범하기 짝이 없는 이 인간들은 살아 있는데 **당신은……**

의사가 말을 가로막고 당신이 선택한 일이라고 지적해요.

사실 난 그 사실을 계속 잊어요. 그 일이 일어나지 않은 것 같기 때문이에요. 선택이 아니라, 자유 의지에 따른 행동이 아니라 당신이 괴상한 사고를 당한 것 같아서요.

자살은 확실히 자연계의 질서를 거스르는 일이라는 말이 맞는다는 생각이 들어요.

개도, 말도, 쥐도 목숨이 있는데 어이하여 너는 숨을 쉬지 않는 게냐? 라고 리어왕[6]은 통곡해요. 〈너〉는 딸 코델리아를 뜻하죠.

이따금 학생들에게 솟는 분노를 누르지 못해요. 영어 전공자가 어떻게 물음표 뒤에는 마침표를 찍지 않는 걸

---

5 맨해튼의 한 구역.
6 셰익스피어 희곡 「리어왕」의 주인공.

모를 수 있지? 왜 대학원생들도 소설과 회고록의 차이를 모를까? 왜 계속 책 전문을 〈일부분〉이라고 지칭하는 거야?

어느 여학생이 배심원을 하느라 50페이지짜리 과제를 못 읽었다고 핑계를 대는데 패주고 싶어요.

내 강의를 수강할까 고심 중인 학생이 질문한 (1. 교수님은 문장 부호와 문법 같은 사항에 예민하신가요?) 이 메일을 답장하지 않고 삭제해요.

그 모든 분노가 말이죠, 라고 의사는 말해요. 그런데 **당신**을 향한 분노는 없다고요. 분노도 없고 비난도 없어요. 내가 자살이 정당화될 수 있다고 생각해서일까요?

플라톤은 그렇게 생각했어요. 세네카도 마찬가지였고요.

하지만 나는 어떻게 생각하느냐? 당신이 왜 그랬다고 생각하느냐?

왜냐면 당신은 수조에 거꾸로 갇혔으니까.

왜냐면 당신은 기운이 없고 통증에 시달렸으니까.

왜냐면 당신은 싸움이 진절머리 났으니까.

한번은 상담 시간 내내 아무 말도 하지 않아요. 말을 시작하려고 할 때마다 마음이 무너져요. 몇 번 시도한 후 포기하고, 일어나야 될 때까지 앉아서 울기만 해요.

당신과 베를린에서 만난 일을 이야기하고 싶었어요. 그해 나는 초빙되어 베를린에서 거주했죠. 당신은 다니러 왔고요. 최신간의 독일어판이 막 출간되어서. 그래서 우린 긴 주말을 함께 보냈어요.

당신은 하인리히 폰 클라이스트[7]의 묘지를 방문하고 싶었어요. 1811년 34세에 권총 자살했던 그 자리를. 나는 그의 사연을 알고 있었어요. 클라이스트는 평생 우울증을 앓으면서 오랫동안 죽고 싶었어요. 하지만 혼자 떠나고 싶지 않았죠. 그는 늘 자살 협약이라는 개념에 흥분했어요. 그가 꿈꾸는 연인은, 진심으로 함께 죽고 싶은 욕망을 가진 여성이었죠.

헨리에테 포겔은 그가 처음 접근한 상대는 아니었지만, 31세에 불치 암 진단을 받았어요. 클라이스트가 낭만적인 살인, 자살을 제안하자 그녀는 열광적으로 수락했지요.

클라이스트는 권총을 포겔의 왼쪽 가슴에 발사한 후, 자신의 입에 총구를 넣고 쐈어요. 남자가 할 일이었죠.

두 사람 다 오르가슴을 느끼는 경험을 기대했겠죠.

전날 밤 그들을 본 목격자는, 둘이 느긋하고 명랑하게 식사하더라고 말했어요. 또 두 사람은 크리스천이었지만, 죽음이 그들을 더 나은 세계로 데려가 천사들 속에서 영원한 지복을 누릴 기대에 찼나 봐요. 타인에게 가한 폭

7 독일 극작가, 소설가.

력이든 자신에게 가한 폭력이든 영원한 고통이 기다린다는 두려움은 없었지요.

기혼자인 포겔은 남편에게 보낸 마지막 편지에서, 사후 클라이스트와 갈라놓지 말라고 부탁했어요. 그들은 쓰러진 곳에 묻혔어요, 클라이너 반제라는 호숫가. 그늘진 푸른 비탈이죠.

많은 묘역이 그렇듯 이곳도 평화로웠어요. 혼자 자주 찾아가곤 했죠. (나중에 거기가 재단장된 후에는 가지 않았어요.) 갈 때마다 클라이스트의 묘석에 싱싱한 꽃이 있었어요, 겨울에도. 난 대학 시절 처음 읽은 후로 그의 작품을 사랑했고 그의 안식처에 있는 게 기뻤어요. 그곳을 거니는 그림 형제를 떠올리는 게 좋았죠. 바로 그 자리에서 수첩에 글귀를 적는 릴케를 생각하면 벅찼고요.

그날 반제 다리를 건너면서 우린 백조 한 쌍이 짝짓기 하는 것을 봤죠. 우아한 광경이리라 짐작하는 사람도 있겠지만 그게 아니었어요. 암컷이 익사할까 봐 위태롭게 보였어요. 아무튼 백조들의 퍼덕대는 우스꽝스러운 노력이 성공할 것 같지 않았죠.

하지만 얼마 안 지나서 다리 아래 보도에서 백조들의 둥지를 발견했어요. 놀랍게도 물가와 가까웠죠. 이곳도 자주 찾곤 했어요. 보통은 백조 한 마리가 — 암컷으로 짐작했어요 — 웅크리고 자거나 둥지에 앉아 있고, 다른 한 마리는 근처에서 떠다녔어요. 때로 둘이 같이 일하기도 했죠. 잔가지와 골풀로 둥지를 넓혀 큰 멕시칸 모자처럼 되었죠.

백조들은 평생 해로한다고 알려졌지요. 이 새들도 때로 외도한다는 것은 덜 알려졌어요. 이 한 쌍 중 한 마리가 — 수컷으로 짐작했어요 — 호수의 다른 구역에 있는 백조를 습관적으로 찾는 게 내 눈에 띄었어요.

난 둥지에서 알을 못 봤지만, 때가 되면 새끼들을 볼 희망에 부풀었죠. 그런데 어느 날 둥지가 사라졌어요. 어떻게 된 영문인지 알 수 없었어요. 백조들이 새 둥지를 짓기 시작했지만 얼마 안 되어 이것 역시 사라졌어요.

하루가 저물 무렵 반제의 백조들은 자주 나타났고, 깃털이 낙조 빛깔로 물들었지요. 장밋빛 백조, 홍학 같은 분홍 백조, 제비꽃 같은 파란 백조, 석양 같은 진한 자주 백조, 밤의 백조. 꿈에 나오는 새들, 세상의 아름다움을 일깨워 주는 새들. 천국의 새들.

우린 클라이스트가 분명히 괴물이었을 거라고 맞장구쳤어요. 시의 힘을 빌려 허약한 불치병 환자인 여성을 총탄에 죽겠다고 결정하게 만들다니.

하지만 그녀는 어떤가요? 아무튼 죽어 가고 있었지요. 대리인에 의한 자살로 죽음을 재촉했지만 한편으로 큰 고통을 면했어요. 하지만 타인에게 살인을 저지르고 자살하게 하는 것을 — 이 경우 절망에 빠졌지만 아직 젊었고, 이후 오래 살면서 천재적인 문학을 계속 창조했을 사람 — 어떻게 정당화할 수 있을까요?

클라이스트가 동반 자살할 동지를 못 구했다면 — 그녀 이전의 사람들처럼 이 여성도 그의 정신 나간 요청을 거부했다면 — 어떤 일이 벌어졌을지 누가 알까요? 혹은 벌어지지 않았을지. 사실 생각할수록 마담 포겔의 책임이 큰 것 같아요. 이것은 어떤 종류의 사랑이었을까요? 그녀는 클라이스트를 구하려고 노력할 생각을 해보지도 않았을까요?

이제 내가 존재한다고 믿지 않으면서 왜 〈천국의〉라는 표현을 썼는지 궁금하네요.

거기 혼자 가기 꺼려지는 이들에게 인터넷은 하늘의 선물이에요. 완벽한 타인들이, 때로 멀리 사는 이들이 온라인에서 만나 날짜를 정해요. 한 남자가 노르웨이에서 뉴질랜드로 날아가 다른 남자와 절벽에서 뛰어내려요. 어떤 남자와 여자는 호숫가 리조트에 각각 방을 예약하고, 나중에 둘이 수갑을 찬 채 익사체로 발견되지요. 일본의 경우 집단 자살 풍조가 유난히 강해서, 주검들이 잔뜩 실린 차량이 계속 발견되지요. 하지만 일본에서 가장 애용되는 자살 장소는 후지산 기슭의 유명한 아오키가하라 숲이에요. 이곳 산길의 **당신은 혼자가 아니며 부모님을 생각하세요**, 라고 적힌 표지판도, 핫라인과 연결된 전화기도 세계 최고의 자살 장소가 되는 걸 못 막지요. 미국 최고의 자살 장소인 골든게이트교[8]가 막상막하를 다투죠.

베를린. 당신이 아주 기분 좋은 상태였던 걸 기억해요. 출판 운이 따른 경우여서(당신은 출판물 대부분이 운이라고 했죠), 책이 고국에서는 판매가 저조했지만 유럽에서는 베스트셀러가 되었어요. 그래서 그 여행에서 당신은 융숭한 대접을 받았어요. 독자들이 진지하기로 유명한(당신은 계속 그 말을 했죠) 독일에, 특히 좋아하는 도시로 꼽는 베를린에 와서 기뻐했어요. 파리처럼 걷기에 맞춤한 도시고 산책 전통이 깊은 곳이 여기니까.

당신이 베를린에 온다는 소식을 듣고 내가 얼마나 행복했는지 기억나요. 이 기간, 드물게도 당신에게 연인이 없는 데다가, 우리가 고국에서 멀리 떠나와 — 외국에 온 여행자들을 부부로 보는 것은 아주 흔한 일이죠 — 이따금 부부 같은 기분이 들었어요. 휴가 중인 부부. 아무튼 그 주말 나는 당신과 유난히 친밀감을 느꼈고 당신이 떠나자 애달픈 상실감에 시달린 기억이 나네요.

이 모든 것이 기억에 각인되었고, 상담실에 앉아 있을 때 마음에 잔뜩 떠올랐어요. 하지만 그 이야기를 할 수가 없었죠. 울음이 멈추지 않아서.

8 샌프란시스코에 있는 다리.

이제 돌아보면서 왜 〈천국의〉라고 표현했는지 스스로
에게 물어요.

의사는 내가 당신을 사랑한다고 생각해요. 내가 쭉 당
신을 사랑했다고 생각하죠. 이 말을 평소의 부드러운 말
투와 다른 억양으로 말해요. 내가 잘못 본 게 아니라면
그는 딱히 불퉁대진 않아도 답답해해요. 아니면 그저 급
하거나.

이게 사별 과정을 복잡하게 합니다, 라고 의사는 설명
해요. 내가 당신을 연인처럼 애도한다고. 아내처럼 애도
한다고.

어쩌면 관련된 글을 쓰면 도움이 될 겁니다, 라고 마지
막 상담 때 의사는 말해요.

어쩌면 효과가 없을 테지만요.

나는 기억하는 일이 얼마나 고통스러운지 잊고 있었
다, 라고 내 수강생이 써요. 겨우 열여덟 살 여학생이죠.

소식을 전한 사람은 헥터예요. 늦은 오후 그가 벨을 눌
러요. 건물 관리인은 집주인에게, 아폴로를 도우미 동물
로 거주하게 해달라는 내 요청을 거부해서 곤란을 야기
할 필요가 있겠느냐고 조언했죠. 특히 다른 입주자들이
아폴로에 대한 불편 신고를 한 적이 없으니까요. (이제

인증서를 얻었으니 거기 사는 동안, 아폴로가 죽은 후에
도 개와 살 수 있다고 친구가 알려 줘요. 그렇겠지만 나
는 이런 속임수를 다시는 쓰지 않겠다고 다짐했어요. 게
다가 **아폴로가 죽는다는, 아폴로 대신 다른 개가 생긴다는** 생
각을 견딜 수가 없어요.)

헥터가 함박웃음을 지어요. 안도감에 내 눈가가 촉촉
해져요.

이거 축하할 일이란 생각이 드네요, 라고 내가 말해요.

알고 보니 제자가 준 샴페인이 아직 있어요.

part 10

　반려동물의 노화를 걱정해야 될 처지라면 시인 개빈
에워트와 비슷하겠죠. 그는 회복 중인 열네 살 고양이가
마지막 운명의 동물 병원행에 나서기 전에 딱 한 여름만
더 같이 살 수 있길 바라요.

　아폴로의 주둥이에 난 잿빛 털과 눈가의 붉은 테두리
가 보여요. 어떤 날은 뻣뻣하게 걷는 모습이 보이고, 때
로 일어서려면 두 배의 노력을 해야 되는 게 보여요. 그
래서 마음이 아파요. 수의사가 노견의 질환과 노화 징후
라고 가르쳐 준 항목들을 보면 난 풀이 죽어요. (**개가 병
약해지면 어떻게 돌볼 건가요?**) 다음 검진까지 6개월 사이
에 관절이 악화되었어요.

　한 번의 기적으로 다 된 게 아니에요. 그 재난은 피했
죠, 헤어지거나 퇴거당하는 꼴은 면했어요. 그런데 아쉽
지만 그것으론 부족해요. 이제 나는 어부의 아내와 비슷
해요, 더 많이 원해요. 딱 한 여름이 아니라 두 여름, 셋이

195

나 네 여름을 원해요. 난 아폴로가 나만큼 오래 살길 바라요. 먼저 가면 불공평해요.

또 왜 마지막에 **피치 못할** 동물 병원행을 해야 될까요? 왜 개가 집에서, 평온하게 자면서 죽으면 안 될까요? 착한 개는 그런 대접을 받을 만하잖아요?

아폴로를 구했는데 왜 이제 개가 고통받는 것을 — 고통받고 죽는 것을 — 봐야 될까요? 또 왜 아폴로 없이 혼자 남겨져야 될까요?

내가 이런 생각에 잠기면 아폴로가 아는 것 같아요. 아폴로는 가까이 있으면 관심을 내게 돌려요, 나를 한눈팔게 하려는 것처럼.

동물은 언젠가 죽는다는 사실을 모르지만 실제로 죽어 갈 때는 안다고들 하죠. 그러면 죽어 가는 동물은 어느 시점에서 상황을 의식할까요? 오래전부터 알 수도 있을까요? 또 동물은 노화에 어떻게 반응할까요? 완전히 어리둥절할까요, 아니면 그 징후의 의미를 어찌어찌 본능으로 알까요? 이건 죄다 어리석은 질문들이겠죠? 그런 줄 알아요. 그런데 이런 의문들이 날 사로잡아요.

아폴로가 좋아하는 장난감은 탄탄한 고무로 된 선홍색 터그 토이[1]에요. 둘이 터그 놀이를 할 때 난 아폴로의

1 개가 물고 당기게 만든 장난감으로 끝에 끈이나 고리가 달려 있다.

괴물 개 같은 소리가 좋아요. 하지만 아폴로는 내게 져주는 게 가장 즐거운 듯해요. (아폴로가 자기 힘을 아는지 모르는지 난 여전히 몰라요. 아폴로가 온 힘을 쓰는 걸 본 적이 없는 건 확실해요.) 계속 새 장난감을 사들이지만 아폴로는 다른 장난감에 통 관심이 없어요. 아폴로가 개 공원에서 놀 거라는 기대를 접었지만 꾸준히 데려가요. 아폴로는 다른 사람들에게 관심이 없고, 다른 개들에게도 심드렁해요. 줄곧 난 그게 마음에 걸려요. **왜 놀려고 하지 않지? 공원에 상냥한 개들이 이렇게 많은데!**

그런데 왜 이게 그리 중요할까? 자녀가 인기가 많지 않아도 최소한 외톨이는 아니길 바라는 부모의 심정이랑 비슷하겠죠. 아폴로가 딱 한 마리라도 다른 개랑 사귀는 걸, 사랑에 빠지는 걸 보면 행복할 거예요. 중성화되었고 다른 개에게 특별한 감정을 못 느끼는 건 아니잖아요? 우린 눈에 띄는 은색 이탈리안 마스티프 벨라와 자주 마주쳐요. (의인화를 피할 수 없다고 결정했어요. 감추려 해도 더 버티지 못하겠네요.)

칭찬이 자자한 개의 충성심과 관련해 저술가 칼 크라우스는 충성의 대상이 다른 개가 아닌 사람이라고 지적했죠. 그러니 이 충성심은 최고의 미덕이 아니겠죠. 사실 개들은 같은 종족인데도 다른 개들을 증오하기 일쑤예요.

바로 오늘 아침 그런 상황을 봤어요. 목줄을 맨 개 두 마리가 서로 발견하고는 즉시 돌진하면서 으르렁대기 시작하더군요.

병신 새끼. 밉상이야. 망할 놈. 그놈의 코를 물어뜯어 버리겠다, 고린내 풍기는 자식. 죽여 버리겠어. 내가 이 목줄을 매고 있어서 천만다행인 줄 알아라, 아니면 네 빌어먹을 불알을 뜯어 버렸을 테니.

서로 달려들려고 목줄을 당겨서 목이 막혀 죽을 지경이죠.

아폴로는 그러지 않아요. 다른 개를 모욕하거나 공격하거나 괴롭히는 걸 본 적이 없어요. 온갖 일을 겪었는데도 여전히 친절하고 이…… 인간성이라고 할 만한 (달리 뭐라고 표현할까요?) 품성을 지녔죠.

한번은 어느 집 계단을 지나는데, 거기 고양이가 앉아 있어요. 고양이와 아폴로의 머리 높이가 같죠. 고양이가 뛰어올라 몸을 던지며 아폴로의 얼굴에 침을 뱉어요. 개는 다른 뺨을 내밀고, 앞발을 뻗어 침을 닦아요. 일순 난 고양이가 공격당할까 봐 걱정하지만 아폴로는 계속 걸어요. 문제를 일으키지 않으려는 거죠. 아폴로는 평화를 원해요.

노견이지만 자태가 매력적으로 아름다워서 짬짬이 이목을 끌죠.

한창때 어떤 모습이었을지 생각해 봐요.

사랑하게 된 사람의 예전 모습이 궁금한 거야 이상할

게 없죠. 사랑하는 이의 어릴 적 모습을 모르는 것은 가슴 아파요. 난 사랑에 빠질 때마다 상대를 그렇게 느꼈고, 가까운 친구들에 대해서도 똑같았어요. 이제 아폴로에게 그런 감정을 가져요.

까불대는 강아지 시절을 모르다니! 강아지 시절을 몽땅 놓치다니! 서운한 정도가 아니라 속은 기분이에요. 아폴로의 과거 모습을 담은 사진 한 장 없으니. 책이나 인터넷에서 얼루기 그레이트데인들을 찾아보면서 마음을 달랠 수밖에 없어요. 고백하자면 몇 시간씩 사진을 구경하곤 해요.

소호 지역을 걷다가 얼루기 데인을 산책시키는 사람과 딱 한 번 마주쳤어요. 두 인간은 전율하는데 개들은 딴청을 피워요.

개에게 나쁜 일이 일어난다는 것은 어릴 때 책에서 배운 교훈이죠. 그 이야기들에서 동물은 자주 죽고, 험하게 죽는 경우도 많아요. 「올드 옐러」,[2] 「레드 포니」[3] 동물들이 죽지 않아도, 살아남는 정도가 아니라 결국 행복해져도, 고초를 겪기도 하고 심하게 겪는 경우도 흔하죠. 지옥을 경험하는 경우도 많고, 〈블랙 뷰티〉,[4] 〈플리카〉,[5] 〈화

2 소년과 떠돌이 개의 사연을 다룬 비극적인 이야기의 영화.
3 존 스타인벡의 단편 소설.
4 애나 슈얼의 소설 『검은 말 이야기』의 주인공.
5 메리 오하라의 소설 『내 친구 플리카』의 주인공.

이트 팽〉,[6] 〈벽〉,[7] 학대 장면이 난무하는 개의 실화에 바탕한 『뷰티풀 조의 자서전』. 이 이야기는 잔인한 견주가 도끼로 조의 귀를 자르는 장면으로 시작되지요.

물론 다른 독자들처럼 나도 이런 책들을 울면서 읽은 기억이 나지만 (불쌍한 조의 이야기를 읽을 때 가장 슬펐죠) 읽은 걸 후회하지 않았죠. 아이와 개의 유대감을 다룬 이야기처럼 마음을 끄는 게 있을까요? 처음 글을 쓰고 싶었을 때 이것을 주제로 삼겠다고 생각했죠. 하지만 그러지 못했어요.

아주 어릴 때는 동물을 동등하게, 혈족으로까지 여겨요. 그래서 인간은 다르며 특별하고, 모든 동물보다 우월하다는 걸 따로 배워야 하죠.

아이들은 인간이 아닌 존재들만 사는 세상에 대해 환상을 갖죠. 난 다른 동물인 척, 고양이나 토끼나 말인 척하곤 했어요. 언어보다 동물 소리로 소통하려 했고, 음식을 손으로 먹기를 거부했죠. 때로 아주 오래 확고하게 그렇게 행동해서 부모님의 걱정을 사기도 했죠. 놀이였지만 그 핵심에 아주 중요한 점이 있었고 이것을 성인이 될 때까지 견지했어요. 바로 인류의 일원이 되고 싶지 않은 마음.

---

6 잭 런던의 소설 『늑대 개』의 주인공.
7 다큐멘터리 영화 「벽」의 주인공 말.

밀란 쿤데라의 소설 『참을 수 없는 존재의 가벼움』에서 개는 나쁜 일을 당해요. 주인공 토마스는 아내 테레사에게 강아지를 줘요. 그가 테레사와 결혼한 똑같은 이유로. 그의 구제 불능성 바람기가 테레사에게 주는 고통과 치욕을 달랠 수단이죠. 강아지가 암컷인데도 기묘하게 다른 소설에 나오는 안나 카레니나의 남편 이름을 지어 줘요. 개 카레닌은 변화를 싫어하고 시골에 사는 걸 좋아해요. 시골에서 돼지와 사귀고, 나중에 말기 암에 걸려 안락사되지요.

쿤데라는 「창세기」 1장 26절을 나름대로 해석해요. **진정한 인간의 선함은 받는 상대가 힘이 없을 때만 대두될 수 있다.** 그러면 인간들이 자비를 바라는 처지에 있는 동물들을 어떻게 대접하는지 살펴보죠. **이 도덕 시험을 보면 인류가 겪는…… 붕괴는 너무 근본적이어서 다른 모든 것이 거기서 기인한다.**

카레닌과 테레사는 서로에게 헌신해요. 둘의 순수하고 이타적인 유대감을 상기하면서 테레사는 이런 결론을 내리죠. 이 유대감은 순수성을 잃고 난처한, 끝없이 토마스에게 좌절하고 위태로운 감정보다 더 대단하진 않더라도 훨씬 낫다고.

쿤데라는 인간과 동물들의 관계를 **목가적**이라고 묘사해요. 동물들은 낙원에서 쫓겨나지 않았기 때문에 목가적이지요. 동물들은 영육의 분리 같은 곤란을 겪을 필요

없이 거기 남아 있지요. 그래서 동물들과 나누는 사랑과 우정을 통해 우린 실낱으로나마 낙원과 연결될 수 있지요.

다른 작가들은 더 깊이 들어가요. 개들이 단순히 악에 물들지 않은 정도가 아니죠. 천상의 존재, 육화한 천사들, 사람들이 살도록 지켜보고 도와주러 급파된 털 달린 수호 요정들이죠. 고양이 신성화처럼 이 믿음이 인터넷에 퍼져서 점점 심해져요. 이 믿음은 의구심을 낳죠. 인간들에 대해서.

소설 『추락』에서는 많은 개들이 아주 흉한 일을 당해요. 의문이 계속 남죠. 왜 데이비드 루리는 개를, 그를 사랑하고 그도 특별한 애정을 느끼는 잡종견을 구하지 않는가? 왜 그 개는 — 장애가 있지만 아직 어리고, 음악적 감수성을 가진 게 분명한 착한 개 — 동물 복지 클리닉에서 처분된 다른 유기견들의 운명을 피하지 못할까? 왜 루리는 이 개를 살리지 않고 희생시키겠다고 고집할까?

「양들의 침묵」에서 스탈링 요원이 한니발 렉터에게 한 말을 기억해 봐요. 그녀는 어려서 삼촌의 농장에서 살 때 양들이 봄에 도살되지 않기를 간절히 바랐다고 말해요. 양 한 마리를 데리고 도망치려 했다고 말했죠. **내가 한 마리라도 구할 수 있을까, 라고 생각했는데…… 양이 무거웠어요. 너무 무거웠죠.** 결국 루리처럼 그녀도 죽음을 앞둔 동물을 구제하지 못했어요.

———

개들이 생각한다는 것은 알려졌지만, 의견도 있을
까요?

쿤데라는 사람과 달리 동물이 혐오감을 갖지 않는 점
을 높이 사죠. 난 그건 (심지어 고양이의 경우에도?) 잘
모르겠지만, 개들이 비난하거나 평가하지 않는 게 사랑
받는 큰 이유인 것은 부인할 수 없네요. (그 때문에 교육
자들은 잘 읽지 못하는 아이들에게 개 앞에서 낭독시키
면 효과가 있다고 보죠. 또 로리 앤더슨과 요요마가 음악
회 청중을 보면서 모두 개라고 상상한다고 말한 것도 그
런 이유 때문이고요.)

감사. 사람들은 입양한 유기견이 감사한다고 상상하
지 않겠죠. 그런데 아폴로가 내게 고마워하는 게 자주 느
껴져요.

난 아폴로가 어떤 기대를 하는지 알고 싶어요. **이 여자
가 곧 집에 오려나. 사료를 먹고 싶어 죽겠네! 내일은 또 다른
날이겠지.**

그 외에 아폴로가 과거를 기억하는지도 궁금해요. 갈
망이 있을까? 후회는? 푸근한 좋은 추억들은? 씁쓸하고
도 애틋한 추억은? 그렇게 예민한 감각을 가졌는데 왜 특
별한 순간이 없겠어요?

왜 깨달음을, 직관 같은 것을 느끼는 순간이 없겠어요?

처음에 아폴로는 날 빤히 보다가 내가 마주 보면 고개를 돌리곤 했어요. 이제는 큰 머리통을 내 무릎에 올리고 표정이 가득한 눈빛으로 날 응시해요.

개에게 무슨 이야기를 하시나요? 정신과 의사가 궁금해했어요.

주로 내가 질문을 하는 것 같아요. 잘 지냈어, 친구? 낮잠을 푹 잤니? 자면서 뭔가 쫓아다녔어? 밖에 나가고 싶니? 배고프니? 만족스러워? 관절염 때문에 아프니? 왜 다른 개들이랑 놀지 않니? 넌 천사니? 책을 읽어 줄까? 노래해 줄까? 널 사랑하는 사람은 누구지? 나를 사랑하니? 날 영원히 사랑해 줄 거니? 춤추고 싶니? 같이 산 사람들 중에 내가 가장 낫니? 내가 술 마시는 걸 알 수 있니? 이 청바지가 너무 뚱뚱해 보이니?

우리가 동물들에게 말할 수 있다면, 이라는 노래 가사가 있지요.

동물들이 우리에게 말할 수 있다면, 이란 뜻이죠.

하지만 물론 그러면 모든 게 망가지겠죠.

집에서 개 냄새가 진동하네요, 라고 집에 온 손님이 말해요. 나는 조치를 취해야겠네요, 라고 대답하죠. 조치란 그 사람을 다시는 초대하지 않는 거죠.

어느 밤 깨니 아폴로가 침대 옆에서 담요를 입에 물고 끌어올리고 있어요. 내가 자면서 담요를 바닥에 떨어뜨렸 겠죠. 사람들에게 이 이야기를 하니 다들 안 믿어요. 틀림 없이 내가 꿈을 꿨다고 말하죠. 나도 그럴 수 있다는 데 동 의해요. 하지만 사람들이 샘내는 거라고 속으로 생각하죠.

어느 출간 파티에서. 처음 만나는 여성이 키득대면서 말해요. 작가님이 개랑 사랑에 빠졌다는 분이군요?

내가? 애컬리가 개를 아내로 삼았듯이 내가 개를 남편 으로 삼았던가? 아폴로가 죽는 날이 내 생애 가장 슬픈 날일까? 나도 남편을 따라 죽는 아내처럼 목숨을 끊고 싶 을까? 아니요. 하지만 아폴로가 있는 집에 얼른 오고 싶 어서, 지하철 대신 택시에 오르는 나 자신을 발견해요. 아폴로를 볼 생각에 기분이 좋아서 흥얼대고, 이 사랑이 처음 느껴 보는 감정인 건 확실해요.

반복되는 불안감. 마침내 아폴로의 주인이라며 누군 가 나타나는 것. 누군가 아폴로와 어떻게 헤어졌는지 괴 상하지만 그럴듯한 이야기를 늘어놓으며, 아폴로를 내놓 으라고 할까 봐 불안해요.

최근에야 **퍼피 러브**[8]라는 표현이 사람이 강아지**에게**

8 *puppy love*. 풋사랑이란 뜻.

느낄 만한 감정을 뜻하는 걸 알았어요. 전에 생각하던 것처럼 강아지가 사람에게 느끼는 감정이 아니라.

애컬리의 글을 읽으면서, 그가 가끔 개를 언급할 때 **사람**이란 어휘를 쓰는 걸 알아차렸어요. 처음에는 실수로 여겼죠. 그런데 애컬리가 세상에서 가장 세심한 작가로 손꼽힌다는 점을 고려하니 실수가 아닐 것 같아요.

한 친구에게 들은 말이 떠올라요. 그는 오랫동안 그 표현을 **이것은 멍멍이 세계다**로 생각했고 그 의미를 확실히 몰랐다고 했어요.

개를 데리고 나가면 사람들이 개 이야기를 해요. 정장 차림의 남자가 아폴로의 머리를 쓰다듬으면서, 어느 날 모친이 오래 키우던 개를 버리기로 결정했노라고 말해요. 그녀는 개를 버스 정류장에 데려가서 통에 담아 벤치 밑에 버렸어요. 이 사람은 사실을 알고 개를 추적해서 보호소를 알아냈어요. 개를 데려오겠다고 말하려고 보호소에 전화했지만, 당시 그는 아주 먼 지역에서 법과 대학 공부를 마무리하던 중이었지요. 보호소는 개를 보호하겠다고 약속했지만, 그가 찾아갈 형편이 되기 전에 개가 죽었어요. 개가 곡기를 끊었다고 했죠.

난 이해가 되지 않아요, 라고 그가 내게 말해요. 그의 모친이 개에게 도넛을 먹여서 개가 무척 뚱뚱했대요. 또 개가 아직 어리고 귀여성이 있어서 입양되고도 남을 만했죠. 어머니가 그렇게 개를 버릴 필요가 없었어요. 오래전의 일이지만, 그는 어머니가 그런 일을 저지른 이유를 알아내려고 아직도 노력 중이었죠.

난, 왜냐면 그녀는 누군가 아프게 하고 싶었으니까, 라는 말을 입 밖에 내지 않아요.

라디오 방송국 프로듀서에게 책에 관련된 글을 보내달라는 요청이 와요. 어떤 책이든 강렬하게 느껴서 청취자들에게 권하고 싶으신 내용이면 됩니다, 라고 말해요.

사실 난 이 시리즈에 익숙해요. 방송에서 다른 작가들이 좋아하는 책에 대해 쓴 글을 낭독하는 걸 들어 봤거든요.

나는 『옥스퍼드 북 오브 데스』[9]를 선택해요. 누구나 읽어야 한다고 생각되는 책일 뿐 아니라, 우연히 다시 읽는 중이거든요. 특히 〈자살〉과 〈동물들〉 챕터에 주목하죠.

고대부터 현대에 이르는 죽음의 모든 면을 다룬 구절들을, 〈정의부터 마지막 말〉까지 뛰어난 인용문을 선정한 솜씨를 칭찬하는 5백 단어짜리 글을 써요. 죽음에 대한 모든 글이 무척 매력적이며, 아이러니하게도 책 전체

9 옥스퍼드 죽음의 서. 엔라이트가 죽음에 대한 시인들과 소설가들의 글을 선정해서 편집한 책.

에 재미와 생기가 넘친다고 말해요.

원고 작성에 긴 시간을 쏟으면서 뭔가, 어떤 글이든 작은 과제가 생긴 데 감사해요. 글을 완성해서 보내지만 답이 없고, 그 프로듀서에게 다시는 연락을 못 받아요.

뉴스에서.

일부 동물 보호소에서 실험적인 치료법을 시행 중이에요. 자원봉사자들이 학대받아 트라우마가 있는 개들에게 낭독해 주죠.

어느 직업 무용수는 인터뷰에서, 소년 시절 지속적인 괴롭힘을 당해 말을 못 했다고 밝혔어요.

작가 마이클 헤어의 사망. 부고 기사에 그는 말년에 독실한 불자가 되었고 집필을 중단했다고 나와요.

『옥스퍼드 북 오브 데스』에서.

나보코프[10]의 삼단 논법. 다른 사람들은 죽는다. 하지만 나는 다른 사람이 아니다. 고로 나는 죽지 않는다.

〈그것은 내가 묘사하지 않을 어떤 경험이에요〉라고 어제 비타에게 말했다, 라고 버지니아 울프는 일기에 썼다. 15년 후 그 묘사하지 않을 일이 일어났다.

---

10 블라디미르 나보코프. 러시아 출신으로 미국으로 이민한 소설가. 『롤리타』로 유명.

글쓰기 워크숍에서는 누군가 아침에 기상하면서 시작되는 소설들이 많아요. 그보다 적은 소설들이 누군가 잠자리에 드는 것으로 끝나고요. 이야기가 죽음으로 끝나는 경우가 많죠. 사실 학생 소설은 장례식으로 시작하거나 끝나기 일쑤죠. 또 학생들은 인물의 생각의 흐름을 표현하려면 천편일률적으로 인물을 이동시키려고 하죠. 교통수단에, 주로 차나 비행기에 태워요. 꼭 누군가 공간을 이동해야 생각 중이라고 상상되는 듯이.

질문. 인도가 나머지 이야기와 전혀 무관한데 왜 이 인물을 인도로 보냈죠?

답. 그가 무척 걱정하는 것처럼 보이고 싶었거든요.

마지막 말. **그래서 이야기는 이렇게 끝나**, 라고 에이즈 호스피스에서 일하는 친구가 말했어요. 아이처럼 경이감에 휘둥그레진 눈으로.

part 11

소설은 어떻게 끝나야 할까? 한동안 이런 엔딩을 상상했어요.

어느 아침 아파트에서 여자 혼자 외출 준비를 해요. 해와 구름이 반반인 초봄 날씨예요. 늦게 소나기가 올 확률도 있죠. 여자는 첫새벽부터 깨어 있어요.

지금이 몇 시지?

8시.

여자는 깬 시간부터 8시까지 뭘 했지?

반 시간은 침대에 누운 채 다시 자려고 애썼죠.

여자가 특별히 불면증 같은 것에 시달리나? 자주 깨고 깊은 잠을 못 자고?

맞아요.

이런 상황을 겪을 때 다시 잠들기 위해 동원하는 방법이 있나?

1천부터 거꾸로 세기. 미국의 모든 주를 알파벳 순서

로 떠올리기. 하지만 오늘 새벽에는 어떤 방법도 통하지 않았어요.

그래서 그녀는 일어났죠. 그런 다음?

커피를 준비했어요. 최근에 구입한 한 잔용 모카 포트로 에스프레소를 내렸어요. 이 도구가 전에 쓰던 프렌치 프레스보다 나았어요. 프렌치 프레스는 한 달 전 사고로 깨졌죠. 일반적으로 이 아침 의식을 즐겨요. 커피를 내려 마시면서 라디오 뉴스를 듣죠.

여자는 어떤 뉴스를 들었나?

사실 이날 아침 딴생각에 사로잡혀 라디오를 제대로 듣지 않았어요.

그녀가 음식을 먹었나?

바나나 반 개를 얇게 잘라 플레인 요거트에 섞고 건포도와 호두를 뿌려서 먹었죠.

그녀는 아침 식사 후 무슨 일을 했나?

이메일을 확인했죠. 대학 구내 서점이, 교재로 주문한 책 몇 권과 관련해 문의하는 메일을 보냈기에 답 메일을 보냈어요. 치과 진료 예약을 확인했고. 샤워하고 옷을 입기 시작했어요. 그런데 날씨가 이래서 계속 몸을 떨어요. 스웨터를 입으면 너무 더울까? 레인코트만 걸치면 너무 얇을까? 우산을 가져가야 될까? 모자는? 장갑은?

이 아침 여자는 어디로 가지?

입원했던 오랜 친구를 찾아갈 거예요.

마침내 그녀는 어떤 옷을 고를까?

진 바지와 터틀넥 위에 카디건. 후드 달린 레인코트.

여자는 친구의 집에 어떻게 갈 건가?

맨해튼에서 브루클린까지 지하철을 타요.

도중에 어디 들리나?

역 근처 꽃집에 들러 수선화 몇 송이를 사죠.

역에서 하차하면 친구의 집으로 곧장 가나?

맞아요. 그녀가 그의 브라운스톤 주택에 다가가네요.

그녀가 방문하는 친구 역시 혼자 사나?

아뇨, 그는 부인이랑 살아요. 오늘 아침 그녀는 출근해서 집에 없죠. 하지만 개가 있어요. 초인종 소리에 개가 짖어요. 현관문이 열리고 남자가 밖으로 나와 여자를 포옹으로 맞아요. 남자의 차림새는 — 우연하게도 — 여자의 레인코트 속 옷차림과 똑같아요. 청바지, 검정 터틀넥, 회색 카디건. 두 사람이 한참 꼭 끌어안자, 작은 닥스훈트가 짖으면서 그들에게 뛰어올라요.

이제 그들은 거실에 자리를 잡고 앉아, 남자가 준비한 홍차를 마셔요. 작은 접시에 건드리지 않은 쇼트브레드 쿠키[1] 몇 개가 있어요. 수선화는 작은 크리스털 화병에 담겨 해가 잘 드는 창틀에 놓여 있죠. 꽃송이가 네온처럼 빛나서 조화로 보여요. (여자는 그렇게 생각하지 않을 수가 없어요. 줄기 하나가 휘어져, 꽃송이가 수줍거나 스포

[1] 우유 맛이 진하고 촉촉한 영국식 쿠키.

트라이트가 부끄러운 듯 고개를 숙여요.)

이제 회복 중인 남자의 파리하고 수척한 얼굴이 잘 보여요. 속삭이지 않고 소리를 내려고 애쓰는 듯 목소리가 뻑뻑해요. 곧 터지거나 무너질 것 같은 긴장감이 허공에 감돌아요. 개는 이 기운을 감지하고, 그래서 대바구니 속에 얌전히 엎드려서도 느긋하지 못하죠. 남자가 말을 하고, 개는 제 이름을 듣자 꼬리를 흔들어요.

「지프를 돌봐 줘서 고맙다는 인사를 다시 하고 싶었어.」

「아뇨, 지프가 힘들게 하지 않은걸요.」여자가 말해요. 「개를 데리고 있는 게 좋았어요. 꼭 털 달린 당신이 같이 있는 것 같더라고요.」

「저런.」남자가 말하자 여자가 대답해요. 「도울 수 있어서 다행일 따름이었어요.」

「큰 도움이 됐지.」남자가 여자를 다독여요. 「지프가 착한 아이지만 응석받이로 커서 신경 써야 되거든. 또 딱한 집사람은 처리할 일이 워낙 많았고.」잠시 말이 끊겨요. 남자가 소리를 낮춰 다시 말해요. 「그런데 당신한테 물어보려던 게 있는데, 그 사람이 정확히 뭐라고 말했어?」

「출장 중인데 덴버에서 폭풍우로 비행기가 지연된다고요. 공항에서 당신한테 전화해 봤지만 연락이 안 됐다고요. 그러다 비행 편이 취소되었고, 택시를 타고 집에

왔는데, 도착하니 쪽지가 있었고 청소부에게 집에 들어오지 말라는 내용이었죠. 그리고 911에 전화하라고.」

여자가 말할 때 남자는 쳐다보지 않아요. 창틀에 놓인 수선화를 물끄러미 보죠, 꽃이 환해서 눈이 시린 듯 실눈을 뜨고. 여자가 말을 멈추자 그는 더 듣고 싶은 것처럼 기다려요. 더 이야기가 나오지 않자 그가 말해요. 「학생이 소설에 그 대목을 넣는다면, 난 너무 느슨한데, 라고 말할 거야.」

그 순간 구름이 해를 가리고 방이 어두워져요. 여자는 눈물이 솟구칠 것을 예감하고 잔뜩 겁먹어요.

「내가 다 계획을 해두었는데.」 남자가 말해요. 「지프를 동물 보호소에 데려갔지. 청소부는 다음 날 아침에 올 예정이었고.」

「그런데 지금은 좀 어때요?」 여자가 약간 크게 묻자 개가 깜짝 놀라요. 「기분이 어때요?」

「수치스러워.」

여자가 그러지 말라고 말하려는데 남자가 말을 끊어요. 「사실이야. 굴욕감이 느껴져. 하지만 그게 흔한 반응이지.」

나도 알아요, 자살에 관련된 글을 계속 읽는 중이거든요, 라고 여자는 말하지 않아요.

「하지만 그런 느낌만 있는 건 아니지.」 남자가 턱을 들면서 말해요. 「내가 유별난 게 아님이 밝혀지지. 난 여느 자살 실패자들과 비슷해. 목숨을 구해서 행복하거든.」

여자가 어쩔 줄 몰라서 말해요. 「저, 그렇다니 다행이
네요!」

「하지만 계속 의구심이 생겨. 왜 **더** 느껴지지 않는지.」
남자가 말을 이어요. 「흐리멍덩하거나 멍할 때가 많아.
그게 50년 전의 일 같아. 아니면 아예 없었던 일 같지. 하
지만 약 기운 때문이기도 하지.」

구름이 비껴 나서 다시 햇살이 쏟아져요.

「집에 오니 기쁘겠네요.」 여자가 말해요.

남자는 잠시 머뭇대죠. 「퇴원해서 기쁜 거야 확실하지.
두어 주가 아니라 몇 달 같았거든. 정신 병동에서는 할
일이 별로 없어. 설상가상으로 책을 읽을 수가 없었지.
집중력이 바닥나는 바람에 문장의 끄트머리에 가면 앞부
분이 기억나지 않는 거야. 게다가 지인들에게 알리고 싶
지 않았기에 방문객이 있을 리 없었어. 가족 외에 당신만
사건의 전모를 알아. 현재로서는 계속 그러면 좋겠는데.」

여자는 고개를 끄덕여요.

「전적으로 부정적인 경험만은 아니었지.」 그가 덧붙여
말해요. 「난 작가에게 나쁜 일이 생기면, 끔찍한 와중에
밝은 면이 있기 마련이라고 스스로 되새겼지.」

「네?」 여자는 허리를 세워 앉으면서 대꾸해요. 「그 경
험을 쓰겠다는 뜻이에요?」

「분명히 그럴 가능성이 있지.」

「소설로요, 아니면 회고록?」

「나도 모르겠어. 너무 얼마 전의 일이라서. 그 일과 어느 정도 거리가 필요하겠지.」

「그럼 지금 글을 쓰고 있어요? 쓸 수 있었어요?」

「흠, 사실 그게 당신과 나누고 싶은 이야기거든. 병동에 작은 워크숍이 있었지! 집단 치료의 일환이었어. 한 여자가 있는데 레크리에이션 치료사라고 부르지. 강사는 우리에게 산문이 아닌 시를 쓰게 했어. 시간이 많지 않아서라고 둘러댔지만 물론 다른 이유들이 있었어. 또 모두에게 자작시를 낭독하게 했어. 분석도 없고 비평도 없이. 그냥 공유하는 거지. 다들 형편없는 글을 썼는데 남들의 박수를 받았지. 하나같이 시가 **아니었어.** 어떤 부류인지 상상이 되겠지. 떨리고 갈라지는 목소리들, 일부는 세월아 네월아 하면서 읽어 나갔지. 모든 참가자가 놀랄 만치 진지했어. 감정을 솔직히 표현하고 남들을 감동시킬 기회를 얻는 게 얼마나 의미 있는지 알겠더군. 아, 눈물도 있었어. 또 모든 시가 큰 박수를 받았어. 아주 이상했지. 난 평생 가르치면서, 그 방에서 느낀 감정 근처에도 못 가봤어. 대단히 감격스럽고 아주 묘했지.」

「그런 상황에 놓인 당신이 상상되지 않는데요.」

「내 말을 믿어, 아이러니가 나한테도 통했지. 처음에는 거기 끼고 싶지 않았지. 병원에서 계속 권하는 북 컬러링이 싫은 것처럼. 단지 시간 때우기가 아니라 색칠이 불안을 완화하기 때문에 그걸 권하거든. 하지만 다들 내가 작가이자 글쓰기 선생인 걸 아니, 내가 거부하면 잘난 척으로 보일 게 문제였지. 게다가 병동 생활이 워낙 지루했어. 독서도 못 하겠고 어떤 외출도 거부했어. 우연히 지인과 마주쳐서, 왜 떠들썩한 정신 질환자들이랑 간호사랑 극장이나 박물관에 왔는지 설명해야 될까 봐 겁났거든. 워크숍은 한눈팔기에 좋은 일이었고 시간을 보낼 방법이었지. 게다가 솔직히 말하자면 치료사가 있었지. 아주 예쁘진 않아도 젊은 데다 화끈한 데가 있었어. 당신은 날 알잖아. 그녀의 관심을 받고 싶더군. 내가 정신 질환자인 데다 할아버지뻘이겠지만, 환심을 사고 싶었어. 사실 그녀와 자고 싶었지. 가망이 있었다는 뜻은 아니지만. 아무튼 대학 시절 이후 시를 쓰지 않았는데 긴 세월이 흐른 후 되돌아간다는 게 제법 멋졌지. 죽을 때까지 그 열렬한 박수를 못 잊을 거야. 그리고 무척 놀라운 사실은 계속 그걸 한다는 거지.」

「시를 쓴다고요?」여자는 시 몇 편을 읽어 보라고 권유받을 상상을 하자 다시 공포에 휩싸여요. 또는 앉아서 그의 시 낭독을 듣는 건 더 끔찍하죠.

〈아, 이 시점에서는 누구에게 보여 줄 만한 시는 없지〉라고 남자가 말해요. 「하지만 당장은 짧은 글을 쓰는 게 내겐 더 수월하지. 긴 글을 쓸 생각을 하면 솔직히 겁나 죽겠거든. 집필 중이던 책으로 돌아가는 것은…… 개가 토사물에 돌아가는 격이지! 하지만 내 이야기는 이만하면 충분하네. 당신은 어떻게 지냈어?」

그녀는 강의 중인 새 과목에 대해 말해요. 인생과 스토리. 자서전으로서의 소설, 소설로서의 자서전. 프루스트, 이셔우드, 뒤라스, 크나우스고르 같은 작가들.

「어린 망나니들에게 프루스트를 읽히다니 행운을 빌어! 집필 중이던 작품은 어떻게 됐지? 탈고했어?」

「아뇨, 포기했어요.」

「저런! 왜?」

여자는 어깨를 으쓱해요. 「제대로 풀리지 않았어요. 계속 죄책감이 들어서기도 하고요. 사람들에 대해 쓰면 그들을 이용하는 기분이었어요. 왜 그런 감정을 느꼈는지 딱히 설명할 수 없지만 아무튼 그랬어요. 죄책감을 갖는 게 어떤지 알잖아요. 아니 땐 굴뚝에 연기가 날까요. 아무 이유 없이 그러진 않죠.」

「하지만 그건 말이 안 되는데.」 남자가 말해요. 「작가에게는 모든 게 소재야. 그걸 어떻게 이용하느냐에 달려 있을 뿐이지. 설마 내가 아니라고 느낀 걸 당신에게 쓰라고 부추겼을까?」

「아뇨. 하지만 그 여자들에 대해 쓰라고 권했을 때 당신은 그들이 아니라 나를 생각했어요. 그 글은 나한테 좋을 터였죠. 출판할 거고, 많이 읽힐 테고 내게 이익이 있을 거라고 생각했겠죠.」

「맞아, 그게 작가들이 하는 일이지. 그게 저널리즘이라고. 그런데 다른 이유가 없었다고 말하지는 못하겠지.」

「어쩌면요, 하지만 그건 중요하지 않아요. 내가 글을 쓸 수 없었던 게 사실이니까요. 문자 그대로 쓸 수 없었다는 뜻이에요. 〈21세의 옥사나는 창백한 둥근 얼굴, 광대가 높고 얼룩덜룩한 금발 여성으로 가벼운 러시아어 억양으로 말했다〉라고 썼죠. 그런 다음 쓴 문장을 읽으면 욕지기가 났어요. 그러면 계속 쓸 수가 없었죠. 표현이 떠오르지 않았어요. 조사를 다 해놨는데. 메모를 다 해놨는데. 거기 앉아 자신에게 물어요. 이 폭력과 잔학의 증거로, 이 극악한 사실들을 이용해 뭘 하고 싶었니? 이걸 매력적인 화법으로 구성하고 싶었어? 만약 그렇게 한들, 적확한 단어와 알맞은 문체를 찾아낸들 — 그 더러운 무서운 일을 명료한 좋은 문장으로 쓴들 — 그게 무슨 의미가 있다고? 글을 쓰면 적어도 나는, 작가는 사실을 더 잘 알게 되리라 믿었어요. 그런데 그건 내 희망이란 걸 알았죠. 글로 쓴다고 그런 악을 더 이해하는 건 아니겠더라고요. 또 피해자들에게 아무런 득도 없고, 그 서글픈 사실 역시 피할 수가 없었죠. 보통 이런 프로젝트의 주요 관련자는 늘 작가라는 게 분명한 사실이죠. 내 작업에서 단순한 이기심이 아닌 잔인한 — 어쩌면 냉혹한 — 뭔가가 느껴지기 시작했어요. 이 장르에 필수적인 검증하는 태도도 내키지 않았고요.」

「그런 경우 이야기를 픽션[2]으로 바꾸면 잘 풀릴 수도 있는데.」남자가 말해요.

여자는 움찔해요. 「그게 더 나빠요. 그 소녀들과 여성들을 가지고 생생하고 흥미로운 인물들을 만들어 내라고요? 그들이 겪은 고초를 신화화하고 소설화한다고요? **아뇨.**」

남자는 과장되게 한숨을 쉬어요. 「나도 익히 아는 주장인데 대수롭게 받아들이진 않지. 만약 다들 당신처럼 느낀다면, 세상은 분명히 알아야 될 것을 모르고 지나가겠지. 작가들은 제대로 말해야 되고 그게 소명이야. 혹자는 작가의 가장 고결한 소명이 불의와 고난을 여실히 말하는 것이라고 주장할걸.」

「스베틀라나 알렉시예비치[3]가 노벨상을 받은 이후 난 그 점을 곰곰이 따지고 있어요.」여자가 말해요. 「세상에 피해자들이 가득하다, 라고 알렉시예비치는 말해요. 보통 사람들은 끔찍한 사건을 경험하지만 아무도 그들의 말을 들어 주지 않아 결국 잊히죠. 그녀는 이들에게 말을 주는 것이 작가로서의 목표라고 말해요. 하지만 알렉시예비치는 소설을 통해서 그걸 **이룰** 수 있다고 믿지 않아요. 이제 우린 체호프[4]의 세계에 살지 않고, 픽션이 현실

2 허구 문학. 주로 소설을 의미한다.
3 벨라루스의 저널리스트이자 여성 작가로 2015년 노벨 문학상 수상자.
4 러시아 작가.

에 잇닿지 않는다고 말하죠. **다큐멘터리** 픽션,[5] 평범한 개인의 삶에서 추려 낸 이야기들이 필요해요. 지어내지 않은 이야기. 필자의 관점이 개입되지 않은 이야기. 알렉시예비치는 자신의 저작물을 목소리들을 담은 소설로 칭해요. 그런 저작물을 증거 소설이라고 부르기도 하죠. 알렉시예비치의 작품들에서 화자는 대개 여성이에요. 그녀는 여성들이 남성들과 다른 방식으로…… 더 강도 높게 삶과 감정들을 점검하기 때문에 여성을 화자로 세우는 게 더 낫다고 생각하죠. 그런데 왜 웃어요?」

「방금 남자들은 글쓰기를 완전히 중단해야 된다는 주장에 대해 생각하던 참이거든.」

「알렉시예비치는 그렇게 말하지 않아요. 하지만 인간의 경험과 감정의 심연에 이르고 싶으면 여성들이 말하게 해야 된다고 주장하지요.」

「하지만 작가 자신은 침묵하고.」

「맞아요. 실제로 고초 속에서 사는 이들이 제대로 말하게 하는 게 목적이고, 작가의 역할은 그들이 말할 수 있게 하는 데 국한되죠.」

「그게 뿌리를 깊이 내렸지, 그렇지 않아? 작가들이 하는 일은 기본적으로 수치스럽고 우리 모두 의심스러운 인물들이라는 개념 말이야. 강의하면서 학생들의 작가에 대한 견해가 해마다 추락하는 걸 알았지. 그런데 작가가

5 실화 소설.

되려는 사람들이 작가를 그렇게 부정적으로 보는 것은 무슨 의미일까? 무용과 학생이 뉴욕 시립 발레단을 그렇게 보는 게 상상이 되나? 혹은 젊은 운동선수들이 올림픽 메달리스트를 그렇게 보는 걸 상상할 수 있어?」

「아뇨. 하지만 사람들은 무용수와 운동선수가 특권을 누린다고 보지 않아요. 그런데 작가들은 특권을 가진다고 보죠. 우리 사회에서 직업 작가가 되려면 우선 특혜를 받아야 되는데, 혜택을 받는 사람들은 글을 쓰면 안 된다는 분위기가 있어요. 자기 이야기가 아닌 이야기를 쓸 방안을 강구해야 되죠. 자기 이야기라는 게 백인 우월주의와 가부장제라는 문제를 심화시키기만 하니까. 당신은 비웃지만, 저술이 엘리트 위주의 자기중심적 행위라는 점은 부인 못 해요. 관심을 받고 출세하려고 글을 쓰니까요. 세상을 더 정의로운 곳으로 만들려고 글을 쓰는 게 아니고요. 물론 거기에는 약간의 수치심이 수반되겠지만.」

「난 마틴 에이미스[6]의 말이 좋아. 소설가의 이기주의를 개탄하는 것은 권투 선수의 폭력을 개탄하는 것과 마찬가지라고 말했지. 누구나 이걸 이해하던 시절이 있었어. 또 젊은 작가들이 저술을 소명으로 ─ 에드나 오브라이언이 말했듯 수녀나 사제 같은 ─ 믿던 시절도 있었지. 기억해?」

6 아일랜드 작가. 『파란 눈의 아가씨』 등을 발표했다.

「네, 엘리자베스 비숍[7]이 시인인 것처럼 난처한 일은 없다고 말한 걸 기억해요. 자기혐오 문제는 새로울 게 없어요. 가장 말할 권리가 큰 사람들은 가장 부당한 역사를 지닌 이들이란 개념이 새로운 거죠. 예술이 그들을 위한 공간을 마련하는 게 아니라 그들에게 지배되는 시절이 왔다는 거예요.」

「하지만 이건 딜레마야, 그렇지 않아? 특권층은 자기 이야기를 쓰면 안 되지. 쓰게 놔두면 백인 제국주의 가부장제가 심화되니까. 그런데 그들이 다른 집단에 대해 쓰는 것도 안 돼. 그러면 문화적인 도용이 되니까.」

「바로 그 때문에 난 알렉시예비치가 무척 흥미로워요. 학대받은 집단을 문학에 이용하려면, 그들을 말하게 만들고 작가는 물러나 있는 방법을 찾아야 되죠. 이제 사람들이 글재주가 있어야 글을 쓸 수 있다는 개념에 움찔하는 것은, 그러면 너무 많은 목소리가 배제되기 때문이에요. 알렉시예비치는 수려한 문장을 쓸 능력이 있든 없든, 말해서 이야기를 전달하게 해요. 또 다른 제안은, 학대받은 집단에 대해 쓰려면 그들을 돕는 대의에 알맞는 기부를 하라는 거죠.」

「그러면 생계비를 벌어야 하는 사람은 거기 적합하지 않잖아. 사실 그런 기준이면 부유한 자만 원하는 글을 쓸 수 있다고! 흠, 내 경우 심각한 의문은 단 하나, 알렉시예

7 20세기 미국 시인. 『남과 북』 등의 시집을 발표했다.

비치가 실화 소설로 낙인찍은 것이 허구 소설만큼 좋은 작품을 양산하는가 여부야. 난 도리스 레싱처럼 상상이 진실에 더 근접한다는 견해에 공감해. 또 이제 소설이 현실을 그리지 않는다는 견해를 인정하지 않아. 문제는 다른 데 있다고 지적하고 싶어. 이것도 학생들과 관련해 파악한 부분이지. 그들은 무척 독선적이고, 작가의 성격적인 약점이나 단점에 무자비해졌지. 노골적인 인종 차별이나 여성 혐오를 말하는 게 아니야. 무신경함이나 편견의 작은 징후도 봐주지 않는다는 이야기지. 심리적인 문제, 노이로제, 자기애, 강박증, 나쁜 습관 — 어떤 별난 면모 — 의 징후도 봐주지 않아. 작가가 친구 삼고 싶은 사람, 즉 예외 없이 발전적이고 단정하게 사는 사람이란 인상을 주지 않으면 볼 것도 없다 이거지. 한번은 나보코프가 작가로 훌륭해도 그런 인간의 — 학생들은 그를 속물이자 성도착자로 봤지 — 작품을 읽으면 안 된다는 데 수강생 전원이 동의했어. 소설가가 여느 훌륭한 시민처럼 순응해야 된다는 거지. 또 타인의 견해를 개의치 않고 쓰고 싶은 이야기를 쓸 수 있다는 개념은 학생들에게는 언감생심이었지. 그런 문화 속에서 문학이 제구실을 못 하는 거야 당연해. 난 저술이 너무도 정치화된 데 분개하지만, 학생들은 그게 괜찮은 정도가 아니지. 사실 바로 이이유 **때문에** 작가가 되려는 사람들도 있지. 여기 반대하면, 예술을 위한 예술에 대해 말하려고 하면, 학생들은

눈을 가리면서 선비질이라고 비난하지. 내가 다시 강의
에 복귀하지 않기로 한 것도 그 때문이야. 푸념을 늘어놓
을 의사는 없지만, 문화와 시대정신과 충돌할 때는 그럴
수밖에 없거든.」

너무 못되게 말하고 싶진 않지만, 사람들이 당신을 아
쉬워하지도 않을 테고요, 라고 그녀는 말하지 않아요.

「아무튼 그 작품을 중단했다니 아쉽군.」 그가 말해요.
「알다시피 난 그 글이 탈고되기를 바랐는데.」

「정직하게 말하면 다른 이유가 있었어요. 딴 데 정신
을 팔았어요. 다른 글을 시작했거든요.」 그녀가 말해요.

「무슨 이야기인데?」

「당신.」

「나라니! 이런 해괴한 일이 있나. 대관절 무슨 생각으
로 내 이야기를 쓰기로 결정했지?」

「저, 딱히 계획하진 않았어요. 크리스마스 무렵이었는
데 우연히 영화 『아름다운 인생』을 보게 됐어요. 당신도
봤을 거예요.」

「여러 번 봤지.」

「그러면 어떻게 전개되는지 잘 알죠. 자살하려는 지미
스튜어트 — 조지 베일리 — 를 천사가 만류하면서, 그
가 없었으면 이 세상이 얼마나 손해였을지 보여 주죠. 지
프와 앉아 — 지프를 무릎에 앉히고 — 영화를 보면서
당연히 당신을 떠올렸어요. 사고 소식을 들은 후 줄곧 당

신을 생각하면서 괜찮을지 걱정했죠.」(여기서 남자의 시선이 다시 창틀 위 꽃에 쏠려요.)「정말 아슬아슬했다고 생각했어요. 그러다가 영화를 까맣게 잊고 **당신**이 구제되지 않았으면 어떻게 됐을지 상상하기 시작했어요. 결국 정말 운이 좋았죠. 어쩌면 **당신**의 수호천사가 있었거나. 아무튼 그 생각을 멈출 수가 없었어요. 당신이 제때 발견되지 않았다면 어땠을까? 바로 그게 내가 써야 될 이야기인 걸 알았죠.」

그 전에 남자의 얼굴이 창백했다면 지금은 백지장처럼 하얗게 질렸어요.「내가 제대로 들은 거야? 제발 아니라고 말해 줘.」

「미안해요.」여자가 말해요.「픽션이라고 미리 말해야 했는데. 인물 모두 가공했어요.」

「아이고, 말도 안 돼. 그게 무슨 뜻인지 내가 모를 줄 알아? **내 이름을 바꿨다**는 말이지.」

「사실은 이름들을 쓰지 않았어요. 모든 인물을 이름으로 부르지 않았어요. 개만 빼고.」

「지프? 지프도 등장해?」

「음, 딱히 지프가 아니고요. 어떤 개가 있어요. 중요한 등장인물이에요. 그리고 이름이 있어요. 아폴로.」

「작은 닥스훈트의 이름치고는 거창하네, 그렇게 생각하지 않아?」

「소설에서는 닥스훈트가 아니에요. 말했다시피 이건

픽션이에요, 전부 달라요. 아, 전부는 아니고요. 예를 들면 당신이 개를 공원에서 발견하는 부분은 그대로 살렸어요. 하지만 소설을 어떻게 풀어 가는지 알잖아요. 현실에서 몇 가지를 선택하고 다른 것들을 지어서, 거짓말 반 진실 반을 많이 말하죠. 그래서 지프는 그레이트데인으로 변해요. 또 당신을 영국인으로 만들었어요.」

남자가 신음해요. 「적어도 이탈리아인으로 만들어 줄 순 없었나?」

여자가 웃어요. 「크리스토퍼 이셔우드에게 실존 인물을 소설 속 인물로 바꾸는 것에 대해 이렇게 배웠어요. 사랑에 빠질 때와 비슷하다고요. 허구 인물은 연인과 비슷해요. 늘 특별하고 보통 사람과 완전히 다르죠. 그래서 우린 그가 보통 사람들과 어떻게 같은지 묘사하지 않아요. 대신 우리가 발견하는 그의 흥분되거나 흥미로운 점들에 주목하죠. 애초에 그에 대해 쓰고 싶게 한 특이점들을 취합해서 과장해요. 다들 이탈리아인이 되고 싶어 하는 걸 알아요. 하지만 처음 안 이후 지금까지 당신은 내게 영국인 같았어요.」

「그래서 그 글을 쓰면서 날 이교도로 만들기로 작정하셨다?」

여자가 다시 웃어요. 「아뇨. 하지만 당신을 실제보다 약간 더 바람둥이로 만들었어요.」

「약간만 더?」

「아. 언짢나 봐요.」

「내 반응을 짐작하고도 남았을 텐데.」

「알았죠. 그건 인정해요. 사람들이 글감이 되는 걸 반기는 적 있나요? 하지만 뭔가 해야 했어요. 말했다시피 당신에게 일어난 일을 들은 순간부터 그 생각을 지울 수가 없었어요. 그래서 어느 작가라도 어떤 일에 사로잡히면 벌일 일을 했죠. 그 일을 이야기로 바꿔서 마음을 달래거나, 적어도 사건의 의미를 파악하는 데 도움을 얻는 거죠. 이게 실제로 큰 효과가 없는 걸 작가들은 경험으로 알지만 난 도리가 없었어요.」

「그래, 알지. 이런 이야기를 할 필요가 없지. 또 작가들이 뱀파이어 같다는 점도 새삼 말할 필요 없지. 전에 내가 당신한테 한 말일걸. 이번에도 난 아이러니에 봉착하지. 하지만 내게 상당한 충격을 안기는군. 어떻게 생각해야 될지 모르겠어. 무슨 짓을 한 거야? 당장은 배신으로 느껴지는군. 완전한 배신이야. 방금 그 대화를 나누었으니 물어봐야겠네. 뭐가 날 쉬운 먹잇감으로 만들었을까? 또 최소한 기다려 줄 수 있었을 텐데. 제길. 내가 병원에 있는 동안 평생 가장 밑바닥에 떨어졌는데, 당신은 컴퓨터에 마구 써 제끼다니. 과히 멋진 그림이 아니지. 그래. 솔직히 완전히 저속한 소설이겠지. 친구라면서…… 아, 부끄러운 줄 알라고. 아무 말도 못 하는군. 당신이 내 얼굴을 쳐다볼 수 있다는 것조차 놀랍군. 그리고 개 부분을

내가 제대로 들은 건가? 개가 주인공이라고? 제발 개한
테 나쁜 일이 벌어진다는 말은 말아 줘.」

여백을 물리치라!

part 12

바로 이게 인생이야, 맞지? 너무 뜨겁지 않은 햇살, 상쾌한 바람, 새소리. 음, 네가 햇빛을 좋아하는 걸 알겠어. 그렇지 않으면 햇살 속이 아니라 여기 그늘진 현관의 내 옆에 있을 테지. 사실 햇볕이 네 노화된 뼈에 기분 좋을 거야. 너도 나만큼이나 바닷바람을 상쾌하게 느끼지. 바람이 불 때마다 고개를 들고 킁킁대네. 고작 6백만 개의 후각 수용체로 스미는 짠 내는, 네가 3억 개의 수용체로 맡는 냄새와 비교가 안 되는 걸 알아. 사람은 한 번에 한 가지 냄새밖에 못 맡지. 누군가 와인을 묘사하면서 진한 후추 향이 나고 라즈베리와 블랙베리 향이 이어진다고 말하면, 그건 아무 말 잔치지. 라즈베리와 블랙베리 향을 구분할 수 있는 인간이 어디 있다고. 후추 냄새 사이로 파고드는 향이라는 게 헛소리임은 말할 필요 없지. 하지만 과학자들은 네 코가 내 코보다 수만 배 더 예민하다고 주장해. 2백만 개의 통에서 썩은 사과 한 개를 냄새 맡을

231

수 있다니 전혀 다른 기관으로 볼 만해.

더 놀라운 것은 네가 사방에서 계속 날아드는 무수한 냄새들을 구분할 수 있다는 사실이야. 그런 능력은 **모든** 개를 원더 독으로 만들지. 하지만 너무 시시콜콜 말하는 것 같네. 그런 능력은 어느 인간이든 미치게 만들 거야.

네가 한밤중에 깨우던 때가 생각나네. 바닥에 누운 나의 온몸을 구석구석 킁킁댔어. 데이터를 찾았겠지. 내가 누구인지, 뭘 감추고 있는지. 늘 나를 킁킁대지만 이제는 열렬히 조사하는 분위기는 아니지.

과학적으로 보면 너는 내가 오늘 아침에 먹은 음식뿐 아니라 엊저녁에 먹은 음식도 알지. 입은 반바지와 티셔츠를 마지막으로 세탁할 때 표백제를 넣었는지 아닌지도 알아. 이 샌들을 신고 최근에 어디 다녀왔는지, 선크림의 브랜드를 바꾼 사실도 알지. 이런 게 네게는 식은 죽 먹기지. 하지만 이제 개들이 어떤 능력이 있는지 아니까 무슨 말을 들어도 놀랍지 않아. 어미와 딸 잡종견들을 산책시키러 나가다가 우리와 자주 만나는 부인은, 개들이 시간을 구분할 줄 안다고 말해. 퇴근해서 집에 오다가 고개를 들면 우리 애들이 창가에 있어요, 내가 아직 한 블록 전에 있는데도. 개들은 공기 중에서 내 체취를 맡을 수 있죠.

우월한 재능 덕에 넌 내가 너를 읽는 것보다 나를 더 잘 읽지. 호르몬과 페로몬[1]이 너를 계속 업데이트해 주

1 다른 개체의 분뇨을 유인하는 분비물.

지. 1주 후 개강을 맞는 내 초조감. 드러난 상처. 감춰진 두려움. 고독. 분노. 끝나지 않는 슬픔. 넌 그 모든 걸 냄새 맡을 수 있어.

그 외에도. 아직 검사로는 드러나지 않는 내 몸의 악성 세포도 알지? 뇌에서 치매를 일으킬 병변이 말없이 형성되고 엉키는 것도?

같이 사는 개는 임산부 본인보다 임신 사실을 먼저 알 수 있다고 해.

죽음을 앞둔 경우도 마찬가지고.

네 후각이 예전 같지 않지. 사람처럼 너도 나이 들면서 둔감해졌어. 그리고 저 코를 봐. 예전에는 말랑하고 촉촉한 검은 자두 같았지, 지금은 태운 석탄처럼 뻣뻣한 잿빛이야.

뜨거운 태양, 서늘한 바람에 대해 말하던 참이었어. 네가 그것들을 좋아하는 게 확실해. 그런데 새소리는 어떨까. 마당에 새 모이통이 있어서 새가 많아. 종일 박새, 참새, 되새, 지빠귀 소리가 나지. 어떤 시간은 제외하고. 이상하게도 다들 교회에라도 간 것처럼 일제히 조용해지는 때가 있거든.

난 새소리가 좋아. 애도하는 비둘기의 단조로운 구슬픈 소리가 좋아. 어치, 까마귀, 갈매기의 깍깍대는 울음도 좋고. 하지만 인간이 만든 음악에는 무심한 네가 자연의 음악에는 어떤 영향을 받을까?

새소리를 좋게 보지 않고 심지어 짜증스러워하는 사람들을 알았지. 지휘자 세르게이 쿠세비츠키는 탱글우드에서 아침이면 **온갖 잡새들의 불협화음** 때문에 깬다고 불평했다는 이야기가 있지.

가끔 새가 — 이따금 도심에서 비둘기들이 — 낮게 날거나 잔디밭에서 통통 뛰면서 네 눈을 끌지만, 네가 쫓아가도록 유혹하진 못해.

날다람쥐, 하늘다람쥐, 토끼도 나타나서 용기를 내서 다가오지만 널 겁내지 않아도 돼.

너처럼 흑백색인 이웃 고양이는, 풀밭 끝에서 실눈으로 널 지켜보다가 관심 없다는 신호를 보내지.

한번은 이상하게 생긴 개가 가만히 잽싸게 나타났다 사라졌는데, 어찌나 빠른지 난 헛것을 본 줄 알았어. 나중에야 개가 아니라 여우인가 싶었지.

넌 평생 어떤 동물을 쫓아가 본 적이 있을까? 틀림없이 그랬을 것 같은데. 그 안에 본능이 있을 테니. 네 유전자에 멧돼지 사냥이 있거든.

우리가 여기서 평화로운 천국을 누리는 게 달갑지 않다는 말은 아냐. 다른 분위기는 바라지 않아.

예전 남자 친구가 보에게 애완용 쥐를 머리에 올려 1분간 가만히 앉아 있게 훈련시킨 기억이 났을 뿐이야.

네가 파리와 벌레들을 덥석 무는 걸 본 **적**이 있는데, 그중에 쏘는 벌레도 있어서 염려했지. 또 내가 말릴 새 없이 큰 거미를 먹기도 했어.

혹시 개 밑에 깔려 앉아 있게 훈련받은 생쥐였을까?

여기서 계속 치는 파도가 나처럼 네게도 평안을 주면 좋겠어.

처음 해변에 왔을 때 난 네가 바다를 본 적이 있는지, 수영하러 왔거나 모래밭을 산책했는지 궁금했어. (네 발자국 크기에 놀라 사람들이 멈춰 서는 상상을 하지.) 다행히 해변은 몇 분 거리야. 우린 이른 아침이나 해 질 녘처럼 해가 낮게 뜰 때만 나오지. 가까운 거리지만 산책이 네게 힘든 때도 있어. 언젠가 둘이 멀쩡하게 나갔다가 네가 돌아오지 못하는 날이 올까 봐 난 두려워.

얼마 전 시내에서 오싹한 일이 있었어. 푹푹 찌는 진짜 여름이 시작되는 날이었고 우린 그늘진 공원으로 향했어. 그런데 도착하기 훨씬 전에, 집을 나선 지 얼마 안 됐는데 넌 걸음을 멈추고 콘크리트 바닥에 주저앉았어. 힘든 기색이 역력했지.

난 겁을 먹었고 그 자리에서 널 잃을 거라고 생각했지.

행인들이 친절을 베풀었어. 누군가 커피숍에 뛰어가서 냉수 한 사발을 들고나왔고 너는 일어나지도 않고 물을 허겁지겁 먹었어. 그때 지나던 여자가 멈추더니 우산을 펼쳐서 햇빛을 가려 주었어. 출근이 늦어져도 괜찮아요, 라고 그녀가 말했지. 지나가던 운전자가 데려다주겠다고 제의했지만, 난 네가 뒷좌석에 올라타기 힘들 걸 알

앉지. 그즈음 다행히 네가 기운을 되찾아서 우린 집까지 걸어갈 수 있었지.

이제 산책 나갈 때마다 조마조마해.

하지만 수의사는 네가 꼭 걸어야 된다고 말해. 매일 최소한의 운동을 해야 된다고.

약이 효과가 있습니다, 라고 수의사는 말해. 진통제와 소염제의 약효를 장담하지. 네가 늘 편안하지 않더라도 고통스럽진 않다고. 물론 상황이 변할 수 있고 그 점이 **내겐 고통스러워**. 네가 고통스러워도 난 알 수 없는 노릇이니.

애컬리가 퀴니의 마지막을 묘사한 대목이 머리를 떠나지 않아. **퀴니는 벽 쪽으로 얼굴을 돌리고 내게 등을 보이기 시작했다.** 그게 그 순간이었지. 애컬리는 그 순간을 퀴니가 죽게 해달라는 신호로 받아들였어.

넌 내게 알려 줄 거지? 명심해, 난 인간에 불과해, 네 예민함 근처에도 못 간다고. 너무너무 힘들어지면 네가 신호를 보내 줘야 해.

그 일을 순리를 거스르거나 신을 놀리는 짓으로 보진 않아. 혹자의 말처럼 한 존재의 영적 여정을, 바르도[2]로 가는 길을 간섭하는 행위로 보지 않아. 난 그것을 축복으로 여겨. 나 자신이 원하는 일을 네게 해주고 싶어.

물론 내가 그 자리에 있을 거야. 마지막 동물 병원행에

2 티베트 불교의 중유(中有). 사망 후 환생할 때까지 머무르는 단계.

너와 동행할 거야.

어제 네가 아침 식사를 건드리지 않자 난 그 순간이 온 줄 알았어. 내가 먹을 빵을 잘라서 내밀자 너는 받아먹었어(같이 미사를 보는 것 같았지). 하지만 저녁 무렵 너는 입맛을 되찾았지.

그러니 그 일은 더 생각하지 않기로 하자. 오늘만 바라보자, 오늘에 집중하자. 더할 나위 없는 여름 아침이라는 선물에.

누워서 햇살을 즐길 수 있는 여름이 한 번 더 있으니.

적어도 난 작별 인사를 시작하지.

이게 너한테 하는 말일까, 나 자신에게 하는 말일까? 고백하건대 생각의 끈이 흐릿해졌어.

여기 오기 전 몇 주간 너무 힘들었어. 네가 5층 계단을 편안히 오르내리지 못해서 엘리베이터를 타기 시작한 지 한참 됐지. 이웃 대부분은 개의치 않았어. 이제 다들 우리를 보는 데 익숙하니까. 딱 한 명, 은퇴한 간호사인데 작년에 남편이 백혈병으로 죽은 부인만 네가 치료 동물로 지정된 걸 의심했지. 하지만 그녀도 너를 엘리베이터에서 자리를 차지하지 않으려고 웅크리는 얌전한 개로 평했지. 다른 입주자들은 우리가 늘 지나치는 이들처럼 너를 보면 즐거워해. 다들 덩치 큰 순한 동물에 매료되지.

하지만 털 냄새가 고약해지고 구취가 심하고 늘 침을 흘리니 ─ 더위에 그 좁은 공간에서는 특히 ─ 그냥 넘

기기가 점점 힘들어졌지.

그러다 피치 못할 끔찍한 일. 엘리베이터에서, 복도에서, 카펫 깔린 로비에서 매일 실수했어. 집에서 실수하는 게 가장 골치였지. 맙소사, 마구간 냄새가 나네요, 라고 배달원이 말했어. 동물원 냄새 같다는 사람도 있었고. 관리인 헥터는 아무 말도 하지 않았어. 복 받기를.

러그 세 개, 소파, 침대를 버려야 했지. 두 번째 고무 에어 매트리스를 구입해서, 바닥에 매트 두 개를 깔고 나란히 자기 시작했어.

나는 최선을 다해 부지런히 훔치고 닦느라 1주일에 청소 용액을 몇 병씩 썼지. 하지만 큰 힘이 드는 일 같아지기 시작했고, 냄새가 싹 빠지지 않았어. 마룻바닥, 책꽂이에 냄새가 배었지. 모든 옷에 — 20대 때 담배 연기 냄새가 배던 것처럼 — 냄새가 스몄고 가끔 피부와 머리에서도 냄새가 나는 것 같아.

나쁘지만 **그렇게까지** 나쁜 건 아니고요, 라고 나를 가장 동정하는 사람이 말해 줬어. 한동안 집을 비우고 환기를 시키면 될 거예요.

내가 절망에 빠지려는 찰나 그가 우리를 구제하러 와 주었어.

어머니가 요양원에 들어가셔야 했어요, 라고 그가 말했어. 어머니는 롱아일랜드[3]의 별장에서 여름을 보내곤

3 뉴욕 근교의 바닷가 마을. 뉴요커들의 휴양지로 유명하다.

하셨어요. 막 이 집을 팔았는데 새 주인은 노동절[4]이 지나서야 입주할 거예요. 집을 싹 털어 내고 완전히 리노베이션할 예정이라니까, 개가 집을 망가뜨려도 문제가 안될 거예요. 아무튼 개가 오래 밖에 나갈 수 있고요. 난 올여름에 그 집에서 별로 지내지 않았어요. 일해야 되는 데다 주말에, 특히 8월에는 교통 체증이 지독해서 거기 가는 건 질색이에요. 어쨌거나 겨우 2주고 나보다 당신에게 그 집이 더 필요하겠네요. 거기 가면 생활이 훨씬 수월할 거예요. 아파트를 비운 사이 내가 가능한 조치를 취해 볼게요, 당신이 원한다면.

내 구세주.

SUV 차량으로 우리를 여기 데려다주기까지 했지.

너를 다치지 않게 SUV 차량에 태우는 과제가 남아 있었지. 헥터가 건물 지하실에 치워 둔 낡은 문짝으로 램프를 급조했어.

여기는 계단을 걱정하지 않아도 돼, 두 개만 오르면 현관이니까. 또 차 없이 지낼 수 있지. 내가 자전거로 10킬로미터를 달려 시내에 가서 식료품을 사오면 되니까. 1주 후면 떠나야 되는데, 친구가 SUV를 몰고 데리러 올거야.

여기 온 첫날 밤, 심한 폭풍우가 들이닥쳤지. 맹렬한 공격을 받는 지붕 아래서 우린 웅크렸어. 밤새 비가 퍼붓

4 미국 노동절은 9월 첫째 월요일.

더니 아침이 되자 그쳤어. 막이 걷히고 완전히 새로운 세상이, 밝고 또렷한 세상이 드러났지. 네가 슈베르트의 「아베 마리아」를 들을 수도 있을 것 같았어. 파랑색의 냄새를 맡을 수 있을 것 같았지. 이후 매일 날씨가 좋아.

해 질 녘 해변에서 다른 커플을 보곤 하지. 구릿빛 상체를 드러낸 허연 금발의 청년 — 진짜 비치 보이 — 과 바이마라너.[5] 청년이 연신 막대기를 던지고 개가 그걸 가지러 바다로 뛰어드는 광경을 우린 구경해. 청년은 팔이 하나야. 막대기가 멀리, 저 멀리 떠가지. 개는 몇 번이고 멀리, 저 멀리 파도를 넘고 넘어 지칠 줄 모르고 헤엄쳐. 전율하게 하는 광경이야. 개가 얼마나 희희낙락 행복해 보이는지, 얼마나 의기양양하게 뛰어와서 주인의 발에 막대기를 내려놓는지.

이 튼튼한 젊은 주인과 개가 노는 걸 보면서 밀려오는 시샘을 누를 수가 없어. 하지만 그러는 건 나야. **너는** 늘 그렇듯 차분하게 지켜보지. 너는 시샘이란 걸 몰라. 갈망이나 향수도 없지. 후회도 없고. 넌 진짜 다른 종이야.

내가 빈둥대며 지낸 걸 감안하면 시간이 더 느리게 흐르는 듯했어. 엘모어 레너드를 읽고 「왕좌의 게임」을 몰아 보고, 강의 준비를 하면서 지내지. 주로 샌드위치로 요기하는데 게을러서 직접 만들지 못하고 가게에서 하루 두 개씩 구입해. 농산물 직거래 노점에서 과일을 조금 사

5 독일 원산의 대형견. 〈와이마라너〉로 발음되기도 함.

면 충분하지.

몇 시간이고 현관 앞에 앉아 생각에 잠기지. 예를 들어 정신과 의사를 생각해. 그 사람을 기억하지? 그에게 들은 말을 되새기지. 자살은 전염성이 있습니다. 가장 강력한 자살의 징후는 자살한 지인이 있는 거지요. 물론 난 이야기가 어디로 빠질지 알았어. 빤한 의사거든. 그에게 꿈이야기를 했던 기억이 나. 남자가 검은색 코트를 입고 눈속에 있었다고. 그가 부르던가요 — 서둘러, 얼른 오라고 — 아니면 저리 가라고 손짓했나요?

이 일을 떠올리는 이유는 며칠 전 밤에 같은 꿈을 꾸어서야. 다만 이번에는 휑한 눈밭이 아니라 전쟁터 같은 곳에 있었어. 폭탄이 터지고 병사들이 조준해서 사격했어. 이번에는 완전히 악몽이었어.

상담 치료 중 내담자가 자살에 대해 말하면, 의사가 어떻게 실행하려는지 설명해 보라고 묻는 게 당연하지. 치밀한 계획일수록 경고음은 더 요란하지. 만약 내가 잔인한 세상과 작별할 준비가 되었다면, 여기가 딱 좋겠지. 바다에 몸을 던져 최대한 멀리 헤엄치면 그만이니. 그런데 멀리 가지는 않을 거야. 수영 실력이 변변치 않아 물속에 머리를 못 집어넣거든.

하지만 익사가 최악의 죽는 방법이라고 하지 않았나? 분명히 어디서 읽었는데. 질문, 사람들이 그걸 어떻게 알지?

그건 그녀가 묘사하지 않을 경험인걸.

오 — **바다여** — **날 데려가거라.**[6] 시인이 말하는 건 사랑일까, 죽음일까?

아무것도 바뀌지 않았어. 여전히 너무 간단해. 난 그이가 그리워. 매일 그리워. 몹시 그리워.

하지만 그 감정이 없어지면 어떻게 될까?

그런 일이 벌어지지 않기를.

정신과 의사에게 말했어. 그에 대한 그리움이 그친대도 난 행복해지지 않을 거예요.

사랑을 재촉할 수 없다고 노래는 말해. 애도 또한 재촉할 수 없지요.

이런 생각이 들어. 그는 앞서 다른 사람들이 했던 일을 했어. 두고 가는 친지들이 괜찮을 거라고 믿었지. 남들처럼 우리도 한동안 충격에 빠지고 한동안 애도하다가 회복할 줄 알았겠지. 세상이 끝나지 않고 늘 삶은 계속 나아가고, 우리도 할 일을 하면서 나아갈 거라고.

그가 무엇보다 죄책감의 고통을 떨치려고 그래야 했다면, 난 괜찮아. 그래도 난 괜찮아.

이 글을 쓰는 게 허튼짓인지 당연히 우려했지. 뭔가 쓰려는 건 그걸 붙들고 싶기 때문이거든. 경험에 대해 쓰는 이유의 절반은 그 일의 의미를 알기 위해, 절반은 그 일

6 에밀리 디킨슨의 시 「나의 강은 너를 향해 흐른다」 중. 에른스트 베이컨이 이 시를 가사로 작곡한 노래가 있다.

을 시간에 빼앗기지 않기 위해서지. 망각에 빼앗기지 않으려고. 하지만 늘 반대 현상이 생길 위험이 있지. 경험 자체의 기억을 경험을 쓴 기억에 뺏기는 거야. 여행지에 대한 기억이 사실 거기서 찍은 사진들에 대한 기억이듯이. 결국 글과 사진은 과거를 간직하기보단 과거를 망치지. 그러니 이런 상황이 일어날 수도 있어. 잃은 사람에 대해 글을 써서 — 혹은 그에 대해 말을 너무 많이 해서 — 그를 영원히 묻는 걸지도.

사실 그를 사랑했는지 아닌지 지금도 명확히 말할 수 없어. 전에 여러 번 사랑에 빠졌고 그것은 의심의 여지가 없어. 그런데 이 사람은…… 아, 이제 와서 그게 뭐 중요할까. 누가 알 수 있을까. 사랑이 무엇인지? 그것은 신비주의자가 신앙을 정의하려는 시도와 비슷하다고 읽은 기억이 있어. **그것은 이게 아니다, 그것은 저게 아니다. 그것은 이것과 비슷하지만 이것은 아니다. 그것은 그것과 비슷하지만 그것은 아니다.**

하지만 변한 게 없다는 말은 사실이 아니야. 치유, 회복, 마무리 같은 표현들을 쓰려는 게 아니야, 난 뭔가 다른 걸 의식해. 준비 비슷한 느낌의 뭔가를. 아직 흔적은 없지만 뭔가 생기기 시작하는 느낌. 놓아 버리기.

휴대폰 메시지가 들어와. **잘 지내요? 이제 아파트 정리가 끝났어요!**

내 구세주.

이 집 주인을 생각하는 중이야. 주인이었던 여인. 만나 본 적은 없어. 기본적인 가재도구를 제외하면 작은 방 세 개가 비워졌어. 침실 벽에 아마 실수로 남겨진 흑백 사진 액자가 걸려 있어. 그녀와 남편일 사람이 승용차 옆에 서 있는 사진(왜 그 시절에는 늘 차 옆에 서서 사진을 찍었을까?). 남자는 미 군복 차림이고 여자는 당시 유행하던 차림새야. 어깨가 넓은 옷, 굽슬굽슬한 머리, 미니 마우스 구두. 미남 미녀. 젊고, 어려 보여. 그 남편이 죽은 지 10년도 더 된 걸 알아. 부인이 혼자 관리하며 살았는데, 작년에 모든 게 무너지기 시작했지. 활기차게 수영하고 정원을 가꾸고, 단어 퍼즐 실력을 뽐내던 그녀가 갑자기 무력해진 거야. 다리도, 눈도, 귀도, 치아도, 호흡도 없는 사람처럼 됐지. 거의 기억도 없고. 점점 정신이 희미해졌어.

언제 이 장미를 심었을까. 빨간 장미와 흰 장미가 눈부시게 만개했어. 그 향기에 아, 소리가 절로 나오지. 이 꽃들은 해마다 얼마나 기쁨을 주었을까, 얼마나 그녀를 의기양양하게 했을까. 내가 슬픈 건 그녀가 장미를 그리워하리라 생각해서가 아냐. 그녀가 더 이상 장미를 그리워하지 못한다는 생각이 슬퍼. 그리움이 — 잃은 것, 애도하는 것 — 우리를 내면 깊이 진정한 모습으로 만드는 게 아닐까. 살면서 바랐지만 갖지 못한 것은 말할 필요도 없고.

어떤 나이를 지나면 확실히 그렇겠지. 또 그 나이는 흔히 바라기보다 빨리 올 테고.

네가 햇살에 흠뻑 빠진 걸 알겠어. 하지만 과하게 볕을 쬐지는 말자. 오늘 기온이 32도까지 오른다니.

네게 물을 먹여야 할까. 그러면서 나도 큰 잔에 아이스티를 담아 쭉 마셔야겠다.

아, 저걸 봐. 나비 떼야. 한 무리가 떠다니는 모습이 흰 구름이 잔디 위를 날아가는 것 같네. 쌍을 지어 나는 것은 드물지 않지만, 저렇게 많이 나는 것은 처음 보네. 배추흰나비 같아. 너무 멀어서 날개에 검은 점이 있는지는 알 수가 없네.

네가 곤충을 잡아먹으니 나비들이 조심해야 할 텐데, 그 입을 한번 다물면 대부분의 나비들이 먹힐 테니. 하지만 네가 잔디밭의 큰 바윗돌인 것처럼 나비들이 다가드네. 나비들이 색종이 조각처럼 네게 쏟아지는데도 너는…… 꼼짝도 하지 않지!

아, 저 소리. 갈매기가 뭘 봤기에 저렇게 울까?

나비 떼가 다시 공중을 날아 해변 쪽으로 날아가.

네 이름을 부르고 싶지만 목구멍에서 소리가 잦아들어.

아, 내 친구, 나의 친구!

옮긴이의 말
도톰하고 깊이 있는 삶의 그림

제법 오랫동안 다양한 소설들을 번역하면서, 번역자와 독자로서 작품을 대하는 태도가 달라졌다. 예전에는 작품을 처음 접하면, 주제부터 명확히 파악하려 애썼다. 어떤 이야기인지, 작가의 의도가 뭔지 한 줄로 요약해야 소설을 제대로 이해한 느낌이었다. 하지만 광범위한 시공간을 배경으로 펼쳐지는 각양각색의 이야기를 접할수록, 한 편의 소설을 한마디로 정의할 수 없다는 생각이 짙어졌다. 다층적인 인물들이 얽히고설키면서 만들어 가는 사연에 편견 없이 다가갈수록, 인물과 사건에 대한 이해와 공감의 폭이 한층 넓고 깊어진다. 소설의 앞부분에서 느낀 감정과 이해한 내용이 끝까지 읽은 후에 사뭇 달라지기도 한다. 같은 소설을 다시 읽으면 앞서와 다른 부분이 이해되고 이야기가 더 공감되기도 한다. 그게 소설이란 장르의 존재 이유이자 소설 읽기의 재미다.

미국 작가 시그리드 누네즈의 『친구』도 한마디로 정의

하기 어려운 소설이다. 주인공은 작가이자 대학이나 워크숍에서 소설 작법을 강의하며 혼자 산다. 그녀의 스승이자 한때 연인이었다가 친구인 교수가 자살하는 사건이 벌어진다. 유명 소설가이기도 한 교수는 여성 편력이 심했고 세 번째 부인과 살던 중에, 글쓰기에 대한 회의와 출판문화에 대한 실망, 우울감 때문에 죽음을 택한다. 주인공은 여전히 교수에게 깊은 사랑과 우정을 느끼던 차에 그가 남기고 죽은 대형견 그레이트데인을 맡아 키우게 된다. 사랑하는 이를 불시에 잃은 상실감, 그가 남긴 개를 보살피며 얻는 유대감과 위안. 늙은 개와 이별할 걱정이 낳는 상실에 대한 두려움, 더 깊어지는 사랑의 마음이 죽은 교수에게 쓰는 일기 비슷한 편지 형식의 일인칭 서술로 그려진다.

주인공과 교수가 글을 쓰고 글쓰기를 가르치기에, 문학과 글쓰기에 대한 생각과 출판계의 동향과 문화가 폭넓게 언급된다. 또 많은 문필가들과 지성인들의 글이 인용되어 지성적인 글의 분위기를 한층 살린다. 책을 읽노라면 누네즈가 섬세한 문체로 죽음, 상실, 사랑, 예술에 대한 이야기를 한 겹 한 겹 그려 낸 도톰하고 깊이 있는 삶의 그림 속에 있게 된다.

2021년 여름
공경희

옮긴이 **공경희** 1965년 서울에서 태어나 서울대학교 영문학과를 졸업하고 성균관대학교 번역TESOL대학원 겸임교수를 지냈으며 서울여자대학교 영어영문학과 대학원에서 강의했다. 소설, 비소설, 아동서까지 다양한 장르의 좋은 책들을 번역하며 현재 명실상부한 국내 최고의 전문 번역가로 활동하고 있다.

대표 역서로는 『비밀의 화원』, 『매디슨 카운티의 다리』, 『모리와 함께한 화요일』, 『파이 이야기』, 『우리는 사랑일까』, 『마시멜로 이야기』, 『타샤의 정원』 등이 있으며, 에세이 『아직도 거기, 머물다』를 썼다.

친구

발행일 **2021년 7월 25일 초판 1쇄**

지은이 **시그리드 누네즈**
옮긴이 **공경희**
발행인 **홍예빈 · 홍유진**
발행처 **주식회사 열린책들**

경기도 파주시 문발로 253 파주출판도시
전화 **031-955-4000** 팩스 **031-955-4004**
www.openbooks.co.kr